基靈異錄之

詭域

袁基 著

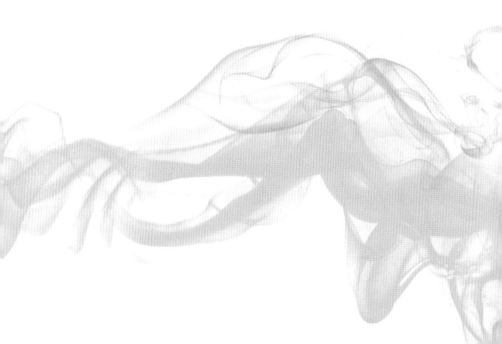

目錄

第0話

序幕

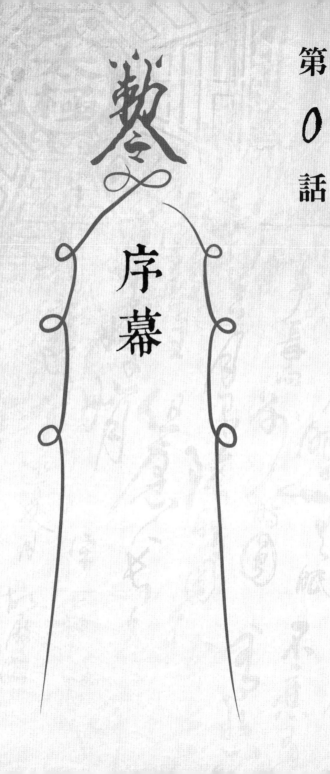

回來已有一段日子，沒有想過，短短時間，就給我遇上一大堆詭異的「經歷」……我所指的，當然是一如既往「有待查明」的事。至於，首次執筆記述本故事，我定調為詭譎事件，雖然以往類似事跡也遇上不少，但這次來得非常真實，甚至乎，自己也是促成這事件的一個角色。不論如何，事件已發展到一個不可收拾的地步，而我唯一的希望，就是把這些經歷用筆記下，給諸君一個愉快的閱讀旅程，那就不枉我執筆寫本書了。

袁基

第1話

離奇的招聘廣告

故事發生在一個炎熱的下午。

烈日當空，熱浪迫人，大街小巷都充斥股股熱流，路面浮出「假水」的下蜃景，更是隨處可見。

對於早在一個月前還在阿爾卑斯山找尋雪人下落的人來說，我發現，回來澳門是個極之錯誤的決定。沒法子，外公以身體不適為由，要我接替報社，當「掛名社長」，我在想，說不定這橋段根本就是外公跟楊可迅的陰謀。

關於楊可迅這個人，曾看過我作品的讀者應該不會陌生，他是我兒時玩伴，現在已貴為我家的家庭醫生，如果這次「外公召回」一事真的與他有關，那麼，這知己就不值一提了。

走到不知哪裡，突然感覺一陣涼意，我四處張望，才發現自己踏進南區的舊城。或許因為遠離擠迫的交通，這裡的氣息也來得清閒，與車水馬龍的社區相比，空氣也來得舒適。

無意間逛到這裡其實是一個美麗的誤會，今早我自告奮勇說要幫洗祕書遞交文件，結果卻忘記帶備文件。但由於難得找到機會從報社溜走出來，而我又無意間走到舊街小巷，自然地，就很悠閒的到處觀摩。

本來，只是漫無目的地逛逛看看，始終感覺這裡十室九空，面目全非，已經沒有往昔那種充滿街坊濃情的生活點滴。直至看到燈柱上一張古怪的招聘廣告，我的視線便緊緊被鎖住。

先不討論這張廣告張貼在人跡稀少的地區，能否達到宣傳效用，重點是，它的內容絕對非比尋常。

篇幅雖不多，卻足以令我凝望至少兩分鐘，我一直在解讀箇中意思，可能，在別人眼中，它只是惡作劇一場。不過，向來「事事好奇」的我，從以往的經驗判斷，這絕非是惡作劇之流，我敢肯定，它背後必有什麼不可告人的祕密。

廣告內容寫著：「招聘死人乙名，無需工作經驗。」

如果這張廣告是刊登在臺灣的話，我還勉強認為是招請「大體老師」。但實際上，又難說得通。要知道，捐獻屍體供醫學教研使用，至少都須經醫院協助辦理；而且，大前提是「捐」，不是「聘」。若涉及金錢，實在有辱「大體老師」的崇高情操。

我繼續思考，若要強行解釋，唯一較合理的理由，就是這是一宗「求職詐騙案」。至於怎樣詐騙，以及詐騙什麼，這一層很難揣測，因為詐騙這回事，只要舊酒新瓶，就能變出五花八門。

想到若果真是詐騙案，我的興趣自然大減。在這世代，爾虞我詐，大魚吃小魚的社會現象，比比皆是，根本無需為一張詐騙廣告費神。這樣的話，就沒有留下來的必要。

拔足之際，眼角餘光卻無意瞥到廣告上另一行字，這是一組流動電話，號碼之妙，又令我有所止步；或者要說，是它扭曲了我的認知。道理上，作案用的電話號碼多是一堆沒有關聯的數字，至於這組，很特別，它是「XX020202」。

恕我過分敏感，「02」的諧音正好是粵語的「靈異」，而且現在還是「靈異靈異靈異」，加上招聘的是死人，這種無稽的巧合，湊起來就變得相當有意思了。

蠢蠢欲動的好奇心，令我整個人都為之振奮，只要撥打過去，就可以知道到底是什麼葫蘆賣什麼藥。

我按下號碼，電話接通的聲音響起，但未有人接聽。

我一邊等待對方接聽，一邊向前行。這麼做，無非不想給「對方」視察到我的舉動，因為我不排除接電話的人，就藏身於附近。

約莫響到第四聲，終於有人接聽，我仔細留意他身處的環境，很寧靜，顯然是處於室內。我先來一句「你好」，而對方則用一把軟弱無神的語氣應著：「喂……」

他的語調令我心有一悸。我承認，被他嚇到的原因，不是我膽量小，而是那則廣告字眼對我的潛移默化。

為了掩飾我的慌張，我刻意清咳兩聲，先讓自己平復一點，然後便直截了當問他是否在「請人」。

他沉默幾秒。起初，還以為他在盤算什麼，打算想再旁敲側擊，誰知，他以懷疑的口吻反問：「你已經確定自己就快死嗎？」

這問題聽得我又氣又好笑。別說我沒認真看待，當時，我真心問過自己，到底有什麼方法可以確定自己就快死？準備自殺？抑或是俗語中的「死到臨頭」才算？

我沒有質疑他，反而收起笑意，正經回說：「暫未確定。」

這個回覆倒為見效，起碼聽到他發出「唔唔」兩聲，有這個反應，表明他正在思考當中。

他繼而又問，我能否提交醫生證明。說到這裡，我開始招架不住，差點抱腹大笑，幸好趕得及摀上嘴巴。

單憑幾句對話，很難猜測對方的精神是否正常，但至少這樣的對答的確把事件變得有趣。

我呼了一口氣，無非同剛才一樣，想平復一下情緒，然後開始對他述說臨時想好的說詞，「我是先天心臟病患者，要辦相關證明文件，並非難事。」

這次，輪到他懷著笑意說著：「不錯。」

這個人，不論說話或反應，真好像在聘請「死人」一樣，他下一步會怎樣？我會否得到一個面試的機會？如果有的話，這個電話還真沒有打錯。

此時，從對方聽筒中傳來另一把男人聲音：「我是來見工的。」這把聲音，同樣是沒神……令我感到奇怪的是，廣告上並沒有寫上地址，那人何以懂得找上門？莫非，如我所想，那人獲得一個面試機會？

就在我分神細想之際，對方向我「喂喂」兩聲，將我從神遊中叫醒過來，接著對我說：「剛來的那個人，看樣子，就知道很適合這份工作，至於你，就抱歉了。」說完便即刻掛上電話。

我還來不及接問，便碰得一個閉門羹，只能默默聽著「嘟嘟」的掛線聲。雖然我做了一件極之無聊的事，但是只要細心去想的話，就會發現事情並不簡單。

正如我稍早的推測，這廣告若真是詐騙手法，理應不會只詐騙一人；如若是一則「真正」的徵才廣告，那麼一切就變得合情合理。甚至乎，剛才的對話，也可以理解為是口試階段。

這次的尋幽探祕算是結束。可惜，什麼都查不到，讓我心有不甘。而最不服氣的「手」，已不自覺地按上重撥鍵，因為我認為，聘用與否是其次，至少要給我知道，這到底是一份什麼樣的工作。

故事說到這裡，其實算不上什麼。如果與我過往的「經歷」相比，這招聘之事，根本是小巫見大巫。只不過，我選擇記述這段插曲，原因是在我再次撥打過去後，發生了一件很詭異的事。

我按下自動重撥鍵後，手機中就出現了一段電訊公司的錄音：「此電話號碼並沒有登記……」

這會否是類似一卡兩號或儲值型的流動電話號碼關機後會出現的情況，我不敢肯定，畢竟我剛回來不久，對於這些系統還不甚熟悉。

不過，當回想到對方說過「看樣子就覺得很適合」這種詭譎的說法，就已令我雙臂發寒，雞皮疙瘩都起來了。經驗告訴我，只要有這種反應，事件必定與「某種東西」有關。

第二話

耐人尋味的線索

或許是辦公室生活實在太乏味了，以至於我對舊城的招聘廣告事件仍念念不忘。我試過查探有關通話後再重撥變成空號的事，究竟有沒有可能，結果是不言自明的。而且，這組流動電話根本沒有在任何電訊公司登記過，甚至我返回舊城區，想看清楚那張廣告上有沒有其他蛛絲馬跡，但為時已晚，去時廣告已經被撕掉。

一連串的不可能，我總結——用我一貫的作風——暫定為「有待查明」。除非，此人再次招聘。就在我打算將事件列為「耐人尋味」畫下句號之際，陰差陽錯，竟然又給了我一絲線索。

話說，事件後第三天。

當日，我依舊在辦公室無所事事，不是澆澆盆栽，就是玩玩手機。期間接到祕書小姐通知，今天會有三位新人來報社面試。

外公說過，辦報刊，跟其他行業不同。一般行業都是先經面試才決定聘用與否；而報社這一行，反而要先接觸文筆，好的話才進行下一步面試。

所謂「筆風顯性情，相貌知惡善」，但這一套，用在一日千里的資訊世界，顯然有些過時。正如報業已趨向夕陽，同行也紛紛轉型求變，外公的格言，恐怕已派不上用場。

莫講要堅持做好，正如外公找一個讀考古系的人來當「社長」，這點已經破壞行規。中國人就是這樣，觀念傳統，總喜歡世襲繼承。

所以，先進來的兩位新人——莫要怪我刻薄——筆風以及樣貌，在我看來都非常模糊，或許也可說我根本不是做報刊的料子。

看看手錶，是時候午膳，差點忘記跟楊可迅有約，所以我趕快收拾檯上的文件，準備出門。正當準備就緒，洗祕書突然敲門幾下，這時我才驚覺，還有一位新人未見，唯有低下頭來，臨陣磨槍看起對方專欄。

最後進來的，是位女生。

她那種過分活潑的性格有點吵耳，而且還多此一舉地來個自我介紹：「社長你好，我叫凌可可，請多多指教。」說後，還九十度躬身。

這類仿效「日系少女」的禮儀，我不反感，問題是，起碼要先具備該國家少女的味道，才會順眼。

只見她一頭瀏海、長髮，為時下最典型的髮型，如倒模般千篇一律，全無氣質可言；面上掛著一副幼框眼鏡，從鏡面的弧度可以看出她是位近視極深的人，相信不戴的話，她肯定近乎眼盲。

外貌平凡，服飾亦大眾化，二十餘歲還揹著滿掛飾物的布包。這類型的女生，相信都是寫少女懷春的文章居多。

我極少看這類文章，加上時間不多，因此並沒細看她的專欄，一心只想敷衍幾句，打發她離開。

「關於妳的文章，倘算可以，但不夠深入……」我例行說著。

豈知，她聽到我的評論，便來得欣喜若狂，大聲嚷著：「社長說得對，我也覺得未夠澈底！」

「明白就好，那就請繼續努力。」說罷便示意她先行離開。

顯然她完全不懂人情世故，見我這樣表明，還是無動於衷，而且還抱有期望，向我再講解什麼，「……關於那個電話，突然變了空號，簡直氣死人！」

這丫頭在說什麼鬼話？我帶著疑惑的眼光，順著她的視線翻開她的專欄。一閱之下，才發現凌可可所寫的，居然是「獵奇」專欄，而且遞交的專題報導，正是與我尚未查明的招聘死人廣告恰好是同一件！幸好，這堆「新人專欄」仍排期待刊，不然，事件就曝光了。

關於「新人專欄」，算是我家報社的小噱頭，大概是在聘請新人之前，會先把他們的「作品」刊載於這個專欄上面，好讓讀者多一點認識，諸如此類……

而我之所以不希望這起事件曝光，原因就在怕打草驚蛇，若對方有所防備，我想繼續深究，也將無計可施。

說回凌可可這篇「招聘死人」專題，正如她所描述，其實都只是很皮毛的內容，我裝作若無其事，故意問她何以不覺得是一宗詐騙案件，她爽快應我，「如果是詐騙，豈會用上這麼聳動的標題。」

原來如此。她雖然毫無品味，但就邏輯來看卻是一語中的。我繼續問她調查進展如何，原來她早在兩個星期前已經在舊城區看到這張招聘廣告，基於媒體精神試過致電多次，但一直沒有人接聽，直至變成空號為止。

總歸到底，凌可可的論點跟我的看法相近，留在公司也不是壞事，因此順理成章，我就正式聘請凌可可。

至於她的專題，我要求暫時擱置。這樣要求，無非不想她打草驚蛇，甚至破壞我的打算。當然我不會直說，只是建議她先寫一些奇人異事的文章，看看讀者反應。

自從我說聘請她開始，凌可可雙眼就如發了光一樣，所以我的要求，她一一答應，而且還滔滔不絕地向我分享她的奇聞經歷。

說實話，我一句也沒有聽進去，我滿腦子只想著，以她的性格，可能已經將廣告的事到處張揚。以防萬一，我便婉轉問她關於「招募死人」這件事，還有多少人知道。

她尷尬回我，獵奇專欄沒有文學氣息，所以報社裡誰都不看好，又怎會有人關心，只有一位知道後，表現出很有興趣的樣子。

她說得沒錯，編輯部的人員都是外公親自請回來的，文化水準極高，報刊之可以維持至今，全靠這群老臣子。雖然報社裡亦有年輕的寫手，但他們也是文學根基極好的人，所以對於那些另類題材，多半只會嗤之以鼻。

至於提起興趣的那位，就必須要找出來，所以我追問她，她才跟我說是清潔工人李大媽的兒子——瑞東。

是瑞東，怎有可能？他向來十分文靜，又很少說話，甚至對於周邊的事，都顯得漠不關心的模樣，他又怎會無緣無故對招聘提起興趣？

凌可可接著又提到瑞東當時的神情，一副好像快要氣絕的表情。我聽後沉默不語好一陣子。首先，我對於她的直覺不予置評，應該說本人對直覺的準繩是有待商榷，尤其是女性的直覺，成數更要減半。

可是她說瑞東「快要氣絕」這句話，卻令我頭皮發麻。按道理，凌可可來報社時間很短，她應該不清楚瑞東的事，報社裡的人，也不是會將李大媽與瑞東的事經常掛在嘴邊的長舌之人。

我之所以會有這個反應，實則是瑞東先天便罹患壞血病，終日得進出醫院，由於此病，他不得不輟學，加上李大媽是「孤兒寡母」，含莘茹苦帶著一個病兒，外公見他們身世悲涼，所以才特聘瑞東在報社負責影印工作。

所以，凌可可對初次見面的人用上「快要氣絕」而非病懨懨來形容，著實令我措手不及。

＊＊＊

中午，我相約楊可迅到報社附近一間意大利餐廳用膳。期間，我還一直心心念念著瑞東的病、命絕氣息、招聘死人等散落的訊息，不停試著將其拼湊起來。

楊可迅貴為我的心交，自然一眼就看出我在沉思什麼，所以他笑我，肯定又遇上什麼不可思議的事。

儘管楊可迅平常一副愛理不理的樣子，其實他也喜歡聽我說這些經歷。如果我毫不忌諱地將整件經過告訴他，他必定會冒出很多疑問，如此一來，肯定三日三夜也說不完。這不單解決不到問題，而且還會擾亂思維，所以我只開啟「命絕氣息」這話題。

我問他，「從醫學角度來看，一個命危的病人，從氣息上看，是否可以判斷將近死亡？」

楊可迅習慣了我的古怪問題，所以沒有太大反應，反倒經常用專業角度為我解答。

「關於這問題，外國醫學會將『氣息』看作波頻，其實已有相關數據證明人類體內的波頻幅度與身體狀況有一定的關聯。」

就他的解釋，我轉換方式再問：「相同的波頻，能否搭得上？」

「理論上可以，正如俗話中的物以類聚。」楊可迅解釋著。

「那機器可否做出這類的波頻？」

楊可迅大笑起來，拍著手說道：「這太科幻了。」之後，我便停止提問，默默吃著碟上的意粉，也許是我太詞不達意，所以始終得不到想要的答案。

楊可迅最好的地方，就是知道我什麼時候想說話，什麼時候不想。往後我們就一言不發，繼續用膳，直到一通來電打破沉默。

「社長……我是瑞東，我們方便見個面嗎？」

我楞了楞，瑞東找我？他的聲線非常耳熟，就好像當時我透過聽筒聽到來面試的那個聲音，簡直一模一樣。

這個電話來得當頭棒喝，原來我一直都忽略了最重要的事，想查明這宗招聘疑雲，關鍵人物就是李瑞東。

我沉著氣向楊可迅說著：「我的家庭醫生，如果現在要你確保我一位員工的健康情況，可以嗎？」

楊可迅被我問得一頭霧水，只得回我：「要怎樣確保？」

「盡量保住他的命……」

第3話

試用期

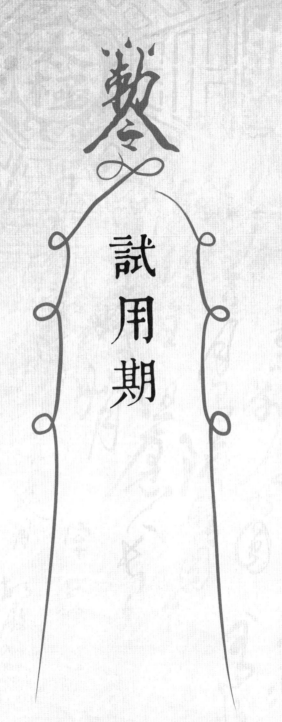

突如其來的來電令我整個人都振奮起來。事件主角居然自動找來，這機會絕對不容有失。我們就相約黃昏過後在我的辦公室會面。

未到黃昏，我就待在辦公室等他。我在想，等一會，無論如何也要設法引導他說出我想知道的事。至於他來找我的目的為何，視情況應付吧。

「叩叩」兩下敲門聲，是瑞東，我嚷著他「進來」。

看見瑞東，比起我剛回澳門時所見到的模樣，更加消瘦蒼白，情況就如凌可可所形容的一樣。我沒有多餘的問候，旋即開門見山地問他所為何事。

瑞東沒有直接回答我，只是默默從外套口袋拿出一張支票遞給我。

我接手一看，當場大吃一驚，這是一張三十萬的現金支票。瑞東等不及我的反應，就道：「社長，能否收下做為往後照顧我母親的費用？」

這番類似遺言的要求，我並不訝異，可能我早就有所察覺，也曾將招聘死人的事與瑞東串聯起來。

我一邊搖著支票，一邊應他：「照顧李大媽，我義不容辭，收下支票，亦不難；問題是，這支票是從哪裡弄來的？」

其實，當我接手支票時，已看到下款寫著「E&H古玩店」，這店與招聘死人有否關係，我暫時沒有證據，但這筆來歷不明的巨款，肯定是瑞東為此做了什麼交換來地。我試圖用嚴厲的眼神望著他，迫他將實情全盤托出。

他支吾答我，只說是找到一份很合適的工作。坦白說，以他的學歷，加上身體狀況，除了在報刊工作，什麼都沒幹過，而且就連嗜好都沒有，現在卻說找到適合他的工作？簡直天方夜譚。

除非，這份工作本身就是天方夜譚……我便無話可說。

之後，我將放在檯上的凌可可專題拿給他看，「你所指的，是否就是這份工作？」

瑞東看到標題，急得面紅耳赤，這算是我認識他最有氣色的一刻。這個反應，根本容不下他再辯駁什麼，他亦自知如此，只好將招聘一事說出來。

講解過程中，雖然我有很多疑問，仍強忍著不打斷他，好讓他一口氣說完。

話說，他無意間從報社看到一個關於招聘死人的報導（我相信就是凌可可所寫的專題），想想自己本是一個活死人，現在有工作需要這個條件，就試著致電過去。通過面試後，店家先支付他三十萬工資以作三個月試用期，當時他也想過，這等優渥的薪水是否為協助洗錢等黑心工作。

直至接到通知，便開始第一次工作。工作內容非常簡單，就是在古玩店內做一些打掃工作，就算完成。直到現時為止，再沒有接到第二次通知了。

即使我相信他的說法，但這個試用方法，未免太過離奇，比方「接到通知」才去工作，證明工作性質無需留在店裡，待有通知才需過去。

我欲仔細追問關於這間店的事，瑞東便以簽了保密協議為由拒絕回答。

我很清楚瑞東的為人，要強迫他開口，除非他自願，否則難如登天。本來我打算用答應照顧李大媽來威脅他說出，但難得瑞東這份高尚的人格，絕不可能出於一時的好奇心去做，如此要脅只是毀他聲譽。

我又心念一轉，若騙他說我曾調查過這公司，因為覺得它相當可疑，但又拿不出什麼具體證明，到頭來，只會令他覺得我更不可信。

無計可施下，我只好直搗黃龍地問他：「這份工作，你是基於認為自己死期將至才去做嗎？」瑞東低著頭，依舊沒有回答。

「如果我有辦法證明你能活得長久，你會辭了它嗎？」

瑞東抬起頭來，晦暗的雙眼剎那透出光芒。

如推測一樣，以他的性格，絕不會無故去做冒險的工作，而且，他更是百分百的孝子，當然希望多一點時間去孝順李大媽，若非真有困難，又怎會假手於他人。

我順勢把楊可迅的名片交給瑞東，解說他是城中著名的全科醫生，也跟醫生提及他的病情，楊醫生認為只要定期身體檢查，保證年過五十。

瑞東聽後，面容不禁露出喜色，這個保證至少讓他多活廿幾年，當然，這不是謊話，而是我的希望和對楊可迅的信任。

見到瑞東有所軟化，我乘勝追擊，「雖然不清楚這工作背後有什麼目的，但看見你的面色，我猜，你應該感到自己的精神狀況開始出現異常吧？」

瑞東終於開口答我：「社長說得對，這工作看似簡單，但發現自上次之後，我就有一種說不透的感覺……」

我引導他說出這種感覺，瑞東想了一想，然後細聲地說著：「感覺就好像一直被監視著。」

我也忍不住看看周圍，苦笑問著：「這裡也有？」

瑞東點點頭應著。

我聽過無數的鬼故事，這個卻讓我有點不寒而慄，或許是身處其境所帶來的錯覺吧。但是我沒打算追問下去，畢竟，這只是他個人感覺。

這時，不知從哪裡傳出幾下「嘟——嘟」響聲，瑞東頓時臉色一變，顯然聲音是從他身上發出，我伸手示意他隨意，他有些尷尬地拿出一件東西，當我看清是什麼東西時，心情簡直比遇上鬼怪更不知所措。

鬼怪，在某些立場上，還可以解讀為無處不在，但瑞東手上的東西，竟然是上世代的通訊工具「傳呼機」！

真是讓我百思不得其解。剛才這臺傳呼機發出響聲，證明它能正常運作，要知道，弄響一臺傳呼機是要有一個人先至傳呼總臺留言，然後再由總臺的職員發放訊息到傳呼機接收。

問題在於，現在或許還有傳呼臺的服務，但是否還有使用傳呼機的人呢？

這臺還能運作的傳呼機讓我很自然地與這份古怪的工作聯想在一起，而瑞東也直言無諱，表示這是店鋪聯絡上班的方式。瑞東可能想著楊可迅醫生會致力幫他，所以他就開始說出更多有關這工作的事。

事件開始超乎我所預期的範圍，如果要查得水落石出，就必須要親身上陣。我向瑞東解釋，現在唯一可以幫到他的就只有楊醫生，其他的別胡思亂想。

我隨後就簽出一張等同面值的支票與瑞東的交換，而這張由古玩店開出的支票、傳呼機，以及剛才的訊息，就交由我去處理。瑞東有點緊張，我就說只是幫他辦好解約事宜，至於違約等問題，我當然會為他負責。最後，半推半就下瑞東終於答應讓我處理後續。

「今晚十時十五分，請回店鋪。」這個訊息，我樂意奉陪。

第4話

不請自來

聽瑞東說，這店鋪開設在一幢工業大廈內，這模式，在港澳地區並不算罕見。面積大，租金便宜，相對寸金尺土的店鋪而言，絕對超值，只是在人潮方面就缺乏了些，但對於不需要人潮的商業活動，那影響就不大。

按照訊息指示，我依時抵達。雖然已經是晚上十時，對於一般工業大廈來說，這時候還不至於烏燈黑火，但眼前這一座工廈，卻只剩升降機門前的微弱燈泡時不時地閃動著。

氣氛猶如恐怖電影情節，陰涼冷清。然而自稱「袁不怕」的我，當然不為所動，大步流星地走進升降機。

按下9字，生疏的升降機門緩慢關起來，發出「吱吱」聲響，環顧內部，四壁殘舊，明顯就是日久失修，運行不順暢也是可以理解的。

人單獨在陌生的空間中，稍感不安，都屬正常反應。為避免心情受到渲染，我吹起口哨，視線緊盯著樓層的指示燈一樓一樓往上，盡可能讓自己不要胡思亂想。

不一會兒，我便停止吹口哨，我感到一股壓力逐步迫近我的背脊。我抬頭看看天花板上的殘舊抽氣扇，我猜，這感覺應該是由於密閉空間內升降時所產生的氣壓現象。至於是否真是這個解釋，其實也不甚重要，反正已經到目的地了。

門「吱吱」開起，四周依然是黑黝黝一片，環境跟大堂的情況不相上下。我頓了兩秒才踏出腳步，不是擔心有什麼鬼怪出沒，而是害怕遭到「埋伏」的話，這樣的視野絕不輕易察覺。身後升降機門緩緩關上，然後繼續往上爬升。去哪？不得而知，或許當中還有什麼……總之，既來之也只能安之了。

站在昏暗的走廊上，我很自然地向光源的地方前進。明亮的光管照出一個招牌，上面寫著「E&H 古玩店」。

我推門而進，店內除了收銀臺上的檯燈，就只剩街外的霓紅燈透射過來的微弱光線。

面前一位男子，白髮稀疏，年齡約莫六十歲，身材肥胖，面上掛著一副金絲框眼鏡，造型跟瑞東所形容的一樣，這人應該就是古玩店的店主——魯老闆。

魯老闆對於我的到來，明顯一臉失望，道：「朋友，已過了營業時間，加上這地方有點『複雜』，勸你還是早點離開吧。」

複雜？從我步入這幢工業大廈至今，我就只見到他一人，這裡該叫人煙絕跡才對，怎會「複雜」？除非，他所指的複雜，是另一方面。

「我不是來買東西的。」

魯老闆頭上浮出一大問號。

我將瑞東給我的傳呼機放在收銀臺上，「瑞東已經不在，我是來頂替他的。」

為了可以親身一試，只好編造瑞東已死的藉口。魯老闆一聽，當下驚訝失措地連呼道：「怎麼可能？」

「你的工作不是要聘請死人嗎？現在他死了，有什麼好驚訝的？」

魯老闆神情恍惚地喃喃著：「這麼快？是哪裡搞錯了？」

他的話我固然聽不明白，當下只能乘勝追擊追問他：「瑞東死了，他的工作就由我頂替吧。」

這時，魯老闆才醒覺起來，劈頭質問我是誰。我早有準備，就向他解釋說，我是瑞東的遠房親戚，關於在這店內負責清潔的事，都已經向瑞東問了清楚。

這個籍口雖然又爛又不像樣，但能肯定的是，魯老闆根本沒有不接受的理由，因為他懊惱的神情已澈底反映出來。

抽煙能否舒緩煩惱，我不知道，不過，看到他拿出香煙吸了幾口後，情況的確轉好。整個過程中，他不停左右踱步，更不時抬頭看我，雖然沒有說過一句話，但這種打量方式，就完全敗露出到底用不用我。

他的表情極為逗趣，我要忍住笑，也相當不易。他呼完最後一口煙，才問我姓甚名誰，以及屬哪一生肖。

「袁基，屬羊。」

他屈指一算，如算命師一般的口吻評論我為一個好管閒事之人。

我沒有否認，由小到大，外公也這樣說我，或許是遺傳吧。

我無奈一笑，道：「時下替工真難，居然還要過算命這關。」

魯老闆似乎聽不出這句反話，反而認真答我：「其他的工作我不清楚，但這份工作卻是需要。」

我不打算推敲他話裡的含意，因為只要他分派工作給我，答案自然水落石出。

正當我以為一切都要拍板定案時，不料，魯老闆再提出一個更匪夷所思的問題：「你有沒有陰陽眼？」

要回答這個問題並不難，有就有，沒就沒，不能裝。但這背後隱含另一個更深層面的意思，即這份工作跟陰陽眼必定有什麼掛勾。我沒聽瑞東提起工作時可曾「撞」到什麼。

我簡單一句「沒有」這個答案，反而換來他鬆了一口氣。老實說，看到他的表情，輪到我變得緊張，他的反應就好像說明了怕我看到什麼。

魯老闆想了又想，然後又說：「還是不行。」

我刻意避開剛才的問題，繼續自薦：「一般的清潔打掃，我絕對應付得來。」

魯老闆好像考驗我什麼，然後就靠近我耳邊：「你怕不怕鬼？」

我神情自若，或者陰陽眼這個問題多少暗示了與「這東西」有關，我就輕笑回他：「怕，自然是會。但這方面也經歷不少。」

魯老闆放聲揶揄道：「看你的名字就知道了。」

「那麼可以開始工作沒？」我苦笑一問。

他沒有作聲，然後走到房間，拿出一盆裝滿水的鋁盆給我。

「你試試去抹一抹那邊那臺小木馬。」

這盆內底部用紅漆油畫了一個類似符咒的咒文，用這水盆盛水，不知有什麼功用。我按魯老闆的指示走向那臺小木馬，但開始發現，有點不對勁。

自魯老闆叫我去抹，木馬就自動搖晃起來，我越接近，它就晃得越厲害……

這會否是幻覺？我不清楚。我回頭看看魯老闆的反應，魯老闆裝出一副若無其事的表情，示意我繼續。

我打趣說：「很少見電動的小木馬，請問開關制在哪？」

這個趣話逗笑了魯老闆，「沒有開關，你就當它是電動的吧。」

我只好硬著頭皮，拿起抹布，開始清潔。這時，這臺「電動」木馬就像失控一樣，劇烈地搖動，連我放在地上鋁盆的水，差點也倒瀉出來。

這肯定不是電動，一定是受到外力令它搖動著，於是我換上獵奇的口吻跟魯老闆說：「人家還在玩樂中，我這樣做會否沒有禮貌？」

魯老闆蹙起眉頭，說著：「那你就明白到，這份工作為什麼需要死人去幹了吧？」

雖然已有心理準備，但瑞東完全沒有提及過有什麼不對勁，莫非這就是生人與所謂「死人」的分別？

我強行糾正魯老闆：「瑞東充其量就是命不久矣的人，並未至於像廣告上所謂的死人吧。」

魯老闆反過來糾正我說：「年輕人，廣告上的招聘，常人看與『瑞東那類人』看是不同的。」

「有什麼不同？」我死纏爛打地追問。

他一面嚴肅地說：「分別在於，他們看，會覺得好正常不過。關鍵就在於他們有接收死人氣息的能力。」

第5話

闖禍

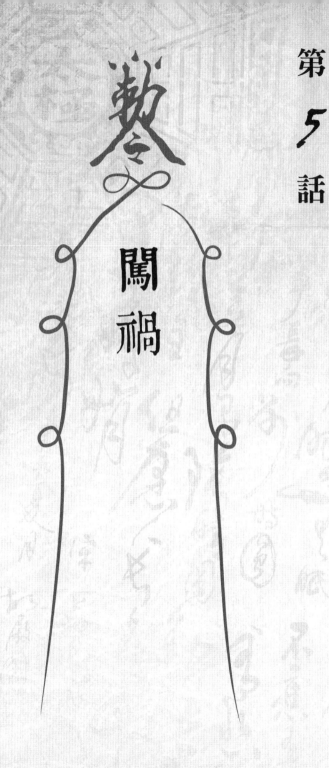

接收「死人氣息」，就是楊可迅所講的波頻相同。這種能力令我想到在大學三年級時的一段經歷。

那年，我參加了湖南省西部的湘西辰溪文物考察團，隨行還有當地著名的地質學家柳教授。

我與柳教授算是一見如故，一碰面便天南地北，無所不談。鑒於考察團成員中有部分是國家官員，所以我倆的話題只能局限於學術上。

柳教授看出我是個喜歡蒐奇的人，所以在考察最後一晚告訴我一個小祕密。原來，柳教授的祖先專做「趕屍」生意。所謂趕屍，是一種運送在異鄉去逝的人的屍首回鄉的技法，屬於中國茅山術祝由科的一種。

一路長途跋涉下來，過程中難免走錯方向，行了冤枉路。這樣一來，辛苦人也辛苦它們。所以，當中有一個小戲法能夠讓人與它們有所交流，稱為涉氣法。

這口訣為「兩眉間三寸，神聚上丹田，氣呼五口換，雙眼敞開炯，意透鬼人間」，這樣的話，就能夠與「它們」氣息同步，亦能有所交感。

我不禁照著口訣，將注意力放在上丹田，慢慢呼氣五下再吸氣，眼睛微微開著，集中感受。

一旁的魯老闆是怎樣的反應，我看不到，因為我已將所有精神投放在木馬上，不過，魯老闆沒有哼出半句聲，顯然他知道我在試什麼。

我……感受到了！我看到一團人形的白煙騎在木馬上，而它開始停止搖晃。

這畫面非常真實，感覺又好虛幻。就好像看到三維圖中的隱含圖像一樣。沒想過第一次就成功了。但並不如想像中美好，因為這種氣息同步法，說明了，它也會感受到我，所以它開始慢慢轉身過來。

潛意識要我停止，因此集中力一散這戲法就失效了。我緩緩呼了一口氣，這玩意很刺激，但相對很危險。

魯老闆拍一拍我的肩膀，可能我還未回神，他一拍，令我彈了好大一跳。

魯老闆在一旁目睹經過，就問我是否懂得神功之類的法門，我便將在湘西的經歷告訴給他知道。

他笑了笑，說我算是膽識過人，但是若沒有神功護體的話，很容易惹鬼纏身。

我沒有就這話題繼續討論下去，剛才的畫面仍深深衝擊著我。沒想過，我以為我看慣報社裡報導的那些交通意外造成的殘肢或屍體的照片，與真正親眼目睹相比，原來根本是兩碼子的事。人類真是很難逃得出對鬼怪的畏懼。

「還敢繼續嗎？」魯老闆笑言。

「你認為，我用這種方法呼吸可以順利完成打掃嗎？」

魯老闆微笑應著：「我有一個方法，比你這個來得安全，只是看你有沒有膽量去試。」

「願聞其詳。」我作揖請教。

魯老闆在收銀臺上拿出一個老舊的背心袋，翻找幾下，掏出一粒用黃色玻璃紙包裝的糖給我。

「如果你自認有膽量的話，就把它吃掉。」魯老闆帶著測試的口吻。

一口吞下的人並不見得是膽識過人。魯老闆見我一臉狐疑，便開門見山，解釋說此糖能供常人有二十分鐘陰陽眼效力，名為通靈糖。

吃後就能有陰陽眼？我拿來瞧了幾眼，很難想像這顆小小的東西，能改變眼球的結構……說起來，這糖的顏色及形狀倒像一顆眼球。

魯老闆繼而又解釋，這糖是供入門者食用，劑量少，吃後只會看到一些較弱的靈體，不單能讓人擁有短暫的陰陽眼，還可以與它們有所交感。

我先是一愣，接著笑問他，剛才曾怕有我陰陽眼，現在何以又想我「遇到」？他也立刻回給我一個極有趣的答案，就是他也「很好奇，當一個好奇的人遇上鬼會是怎樣？」

雖然不知道吃下肚後會有什麼後果，但魯老闆說此法比涉氣法來得安全，而且，如有任何閃失，他應該不會見死不救……我心裡這樣想著，二話不說，一口氣便把糖吃下！

初入口中，甜膩的味道迅速在口腔中蔓延開來，突然湧起不安的感覺，甚至想一口吞下去。

魯老闆一旁提醒我，此糖味道雖怪，但切記不可咬碎，要待它慢慢溶化才成。

我沒有問他何解不能弄碎，因為吃糖時說話，我的經驗，總是會將糖弄碎。

過了十分鐘，口中的糖終於完全溶掉，我才敢開口評論說：「這糖的味道甜得要死，口感十分差。」

我動了動眼珠，視覺上，沒有什麼轉變，只是看到木馬上有一位好實在的小童騎在上面。

「要打擾他嗎？」我輕聲問。

魯老闆亦輕輕回我一句：「自己想。」

接著魯老闆叮囑我，萬不能露出害怕的表情，若讓它知道的話，就會很麻煩。說畢，他就回收銀臺繼續抽煙。

這是否在測試膽識，我不予置評。但可以肯定的是，魯老闆一定身懷陰陽眼。

現在我無法控制大腦去推想這小孩的樣貌：七孔流血？目無表情？還是根本沒有五官？之所以預想是想讓自己有個心理準備，因為害怕就是人對於自己無法預知的情況所衍生出來的心情。

深呼吸一口氣後，我挺起胸膛，刻意用力地一步一步向木馬小童行過去，接著拿起抹布蹲在它旁，然後，我不自覺地脫口說了一句「打擾了」。

它俯身過來，看著我：「你跟我說話嗎？」

我忍不住回望它一眼，同時卻也被它的模樣嚇了一跳！原來，它的樣子居然是滿面皺紋的老翁。

我嚇得跌坐在地上，不禁回頭用眼神向老闆求救，得到的卻是老闆的微笑拒絕。

它不停地在我耳邊說話，我沒有理會，只急著抹好便算。整個過程，我的心跳幅度差點爆表，幸好我有此種經歷，否則肯定當場嚇死……

總算抹好後，我連忙走回魯老闆那邊，卻看到魯老闆一臉不滿的表情，「已抹好？」

「嗯。」我立答。

魯老闆不耐地向我解釋：「它還在的話，就表示沒有清乾淨。」

我明白他的意思，換句話說，它不再依附在小木馬上，這才算乾淨。

我與他理論，用一盆浸有符咒的水去清潔，它不走，是咒文的問題，與我無關。但他反駁是因為我剛才受驚，才令咒文失去法力，雙方各執一詞，不肯讓步。就在當下，我的手機突然響起，是瑞東，接起電話一聽，他語氣顯得極度慌張，說著：「我……終於見到監視我的人……」

瑞東曾說過，自到古玩店上班後，就感到自己一直被監視著，我一邊回想起這段對話一邊問他身處何方，瑞東回我說他擔心那人嚇到老媽，所以便返回了報社。

聽到瑞東急促的喘息聲，我叫他冷靜一點，但他似乎沒聽見我的話，只大喊一句：「是……白無常！」之後電話便斷了線。

白無常？是鬼差白無常？瑞東居然看到白無常？若是屬實，這超乎想像的展開，完全讓我腦袋一片空白。我的手指不停地回撥給瑞東，無奈對方已關機，想到他正面對著勾魂使者，我除了擔心，也不知該如何是好了。

魯老闆看到我神情呆滯，不禁問我發生何事，我也顧不得再繞圈子：「是白無常！」

魯老闆呆了一會，隨即便猜出瑞東仍健在。此情此境，我沒閒情向他多做解釋。現下我唯一可做的，就是盡快趕回辦公室。

魯老闆也算是有情有義之人，連忙拔足相隨，他一邊跟著，一邊對我說：「小伙子，這回玩出火了，七爺絕對是惹不起的！」

我當然明白，但現在不是責怪誰的時候，只希望瑞東能支持得住……

第6話

識破

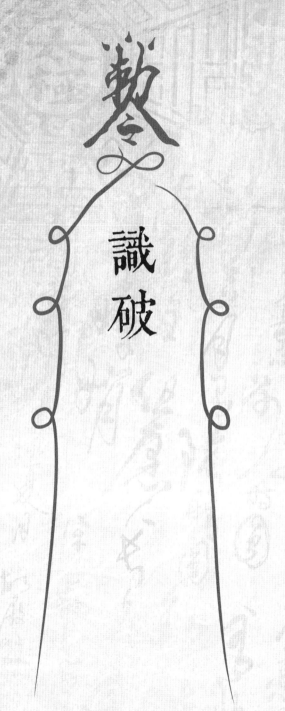

途中，魯老闆問我到底幹了什麼好事，我只略略講述，魯老闆還有心情笑我是世上最無聊的人，我沒心情反駁他，因為我還有事有求於他。

「能有辦法對付白無常嗎？」我認真問。

魯老闆驚詫得差點連眼鏡都跌下來，「你很膽大包天！」看到他的反應，我也猜得一二，沒有再問是否有其他對策，而此時我倆也已經到達了報社。

辦公室的門縫中透出微弱的光線，光源來自我的檯燈，相信瑞東就躲在裡面。我輕輕推開大門正要邁入房內之際，卻發現外套衣角被什麼東西拉住，回頭一看，是魯老闆。

他低吟說：「不要亂說話。」深想一層，這絕非因為魯老闆膽怯，而是對方的來頭實在太猛。

進到房裡，便看到瑞東暈倒在地上，我即時飛撲過去。楊可迅曾經說我是愛冒險的人，最好也學一些急救常識，為人為己也不失為一件好事。

就是他閒話一句，終可大派用場。經過簡單的檢查，瑞東並無大礙，然而我的情況可就不樂觀了，因為身後傳來了一道聲音：「他只是睡著了。」

說這句話的人肯定不是魯老闆，我轉身一看，嚇得叫了出來，白無常正正出現在我的面前！

我這個失態的反應，魯老闆並沒有笑出聲，或許他明白，任何人看到這個場面，不嚇到屁滾尿流已屬萬幸。白無常與魯老闆並排站著，魯老闆的個子本身也算高大，但相比於它，簡直就是大人與小孩的分別。

看到他們倆人站的位置，以及魯老闆一臉恭敬嚴肅的表情，好似早有認識，還輪不到我發問是怎麼一回事時，白無常便以威嚴的語氣開口：「你就是凡人袁基？」

這把雄壯懾人的聲線，不得不令我點頭承認。

白無常又說：「就是你想更改生死冊？」

這個指控，簡直是莫須有的罪名，我何得何能辦得到？我敬畏答道：「如白大爺所言，我只是一介凡人，豈有左右生死的能力？」

白無常面色一凌，質問我：「那李瑞東的生死，你管得來嗎？」

我無奈應它：「我猜是什麼誤會，見朋友危在旦夕，豈有不助之理？我幫他乃是人之常情吧。」

白無常不為所動，仍舊認為我油嘴滑舌，反而更嚴厲喝斥我：「那你認為幫李瑞東頂替工作，就能讓他起死回生？」

「沒。」

「好！那你跟我說，你幹麼要頂替他做這份工作？」白無常嚴肅再問。

我沉思一會，理直氣壯地答道：「為的，就是好奇！」

白無常聽後，便沒有再發問，就只是默默翻開它手上的生死冊，喃喃道：「凡人袁基，果然是極度好管閒事。」

它瞄了我一眼，就和魯老闆交頭接耳起來，果然他們早就相識，難怪魯老闆敢前來協助。過程中，魯老闆沒有作聲，只不停地點頭示意，之後，魯老闆首次開腔：「袁基，如果你想幫你朋友，又想滿足好奇心，現在就給你一個機會。」

「什麼機會？」

白無常接著解釋：「好，李瑞東的生死，我不會插手，何況我也沒有這個能力……人界有所謂的『人定勝天』一說，這句話倒是真的。如果你的醫生朋友真能幫李瑞東延續壽命，這我管不上，但你必須在他去世之前，繼續替他頂替這份工作。」

事件居然來得一百八十度轉變，這點我始料未及，我弱弱地追問：「如果我勝任不來的話，可以不幹嗎？」

「不可以，你至少要做到李瑞東壽終正寢……」

「那……我對應付鬼怪方面，完全沒有相關經驗，該如何保障自己的小命？」

白無常冷笑幾聲：「這不是一場交易，所以我無需給你任何保障，你唯一的自保方法，就是放棄幫助李瑞東，這樣就算你終止頂替。現在這個機會就是在考驗你剛才滿口的仁義道德。」

這根本……就是強迫中獎！如果我放棄的話，就代表要對李瑞東停止協助……

白無常看得出我的猶豫，態度上亦稍有轉變：「袁基，其實我也想你用心頂替，要知道，整件事情是你弄出來的，當然要由你負責……好吧，我告訴你，李瑞東原先只剩兩個星期多的壽命，因為你的介入，他生命至少延長了三個月，換句話說，你最多只須頂替三個月。」

楊可迅還未治療，瑞東就已經多了幾許壽命，也可能是他停止這份工作的關係，總之，不論姑且要頂替多久，盡可能延長瑞東的壽命就成了吧。打定主意後，我肯定地答應：「好，我樂意頂替。」

白無常的提議，我根本無力反抗，有的，就只有疑問，就是「死人的工作」換為生人去辦，這能擔當得上？白無常解釋，當然不能，所以需要替我們做一點小法術。

語畢，白無常便用手指在我手腕上畫了一圈，之後又在李瑞東的手腕再畫了一個圈，他一邊對我解說：「這個紅圈，會把你們的性格牽連起來，現在你不需要任何法術或神功，就可以感受到死人的氣息，如同李瑞東也會得到你的好奇心一樣。」

魯老闆為白無常補充：「這個紅圈，以你為主導，李瑞東是看不到的，一般人也無法看到，只有法力高強的人能看得清楚，但要小心，如果被人施法拆斷，李瑞東的命就會岌岌可危。」

雖然現在不是發問那個問題的好時機，但好奇心迫我不得不去問白無常：「關於傳呼機一事，到底是怎麼一回事？」

白無常對於我這突如其來的提問，也不惱怒，只應著：「嗯……人類使用的手機，太缺乏隱私了，還是得靠陰曹職員去聯絡比較安全。」

這意味著，傳呼總臺與職員都設在陰曹裡！我一下子無法消化這個情報。

白無常輕拍魯老闆一聲：「時辰差不多，往後部分就交你處理。」

接著轉頭再次鄭重向我說道：「由現在開始，李瑞東會完全忘記招聘一事，所以你及魯老闆各自開出的支票將會自動消失。至於你，不可以向任何人透露半句這裡所發生的事，否則後果自負。好了，現在好好去睡一覺吧。」

它一說完我就好像中了麻醉針，開始失去知覺地……睡去。

＊＊＊

早上八時，我睡醒過來。

在辦公椅上伸了一個懶腰後，回想昨晚的事，然後看看自己的辦公室，好像什麼都沒發生過。

但檯上的傳呼機以及手腕上的紅圈仍在，說明白無常的出現，並非做夢。

廣告一事，可算是告一段落。經過昨晚的轉折，我居然正式頂替這份工作。現在要做的，就是好好頂替瑞東餘下的時間，至於這臺顯眼的傳呼機，還是好好收藏好。

原來世間上真的有白無常，而且看似跟魯老闆好像有什麼關係。不過，再回頭細想，有鬼差存在才符合常理，不然人間這麼多鬼，又有誰來對付……話說回來，它和兄弟黑無常不是形影不離嗎？昨晚沒來，莫非是鬧不和？

我找了一些無聊事取樂，就在放鬆心情之際，新來的凌可可突然衝了進來，連聲嚷著：「社長，原來你在辦公室！你的電話一直掛機，害我整晚都找你不成……」

凌可可突然闖進我的辦公室，我反應不及，心臟差點要從口中跳出來。

「社長，你還好嗎？」凌可可還好意思問著。

我揮揮手表示沒有。

此時，凌可可好像看到什麼，興奮過甚地叫著：「社長，這是什麼東西？」

剛才向她揮了一下的手腕上帶著白無常畫上的紅圈，只有法力高強的人能看見，莫非她能看見？我連忙用手遮著……

「妳在說什麼鬼話？」我嫌煩應她。

又見她蹲下來，從地上拾到什麼似的，拿著一張黃色半透明的東西。

不妙！她手裡拿的是通靈糖的包裝紙。

第7話

替工

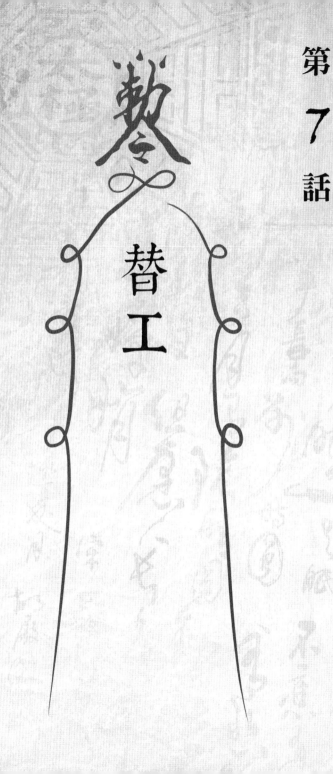

這肯定是昨晚被白無常的出現嚇到跌坐地上時，不慎從褲袋掉出來的。

「這是通靈糖的糖紙嗎？」凌可可擺出一副調查的口吻。

差點忘記，這丫頭也是熱愛蒐奇，這類認知或許比我還多。我裝著一竅不通地反問她：「通靈糖是什麼？」

「實情我也不太清楚。流傳只要吃掉這顆糖就能永久獲得陰陽眼的能力。」她像老師一般地向我解釋。

所以說，流傳絕不能盡信，這玩意兒是有時效的，我在心中如此駁斥。雖然想歸想，我也不會笨到說出真相。

我敷衍應她：「這糖紙，應該是昨天一位熱愛探靈的朋友留下來，別提了，說正題，找我有什麼事？」

凌可可聽到我的提醒便裝正經起來：「關於招聘死人一事，我有新線索，我查到這廣告可能出自於一間古玩店。」

我在心裡一邊佩服一邊納悶著，到底她是用什麼方法查到這條線索。凌可可這個人真的不能小覷。如果讓她繼續追查下去的話，恐怕我「替工」一事也會揭穿。

為了阻止她，我以社長的口吻下達命令：「關於這件事，我想還是先擱置為好！因為事件暫時未引起社會迴響，還是待大眾有所留意，我們再開始報導，相關線索或許更能掌握。」

她一聽我這樣說，顯得略為失落，但仍覺得我這個命令實為最佳手段，為避免再給這個「十三點」胡亂追問，最後我就以要講重要電話為由，令她離開。

目送著她離去的背影，我不禁長嘆了一口氣。其實，她倒算厲害，也具備廣泛的蒐奇知識，只要好好運用，絕對是一個好幫手。

糟了！剛才她離開的時候，就連糖紙也一同拿走，我真是太大意了！

我連忙撥號給冼祕書去阻截她，但她沒有接聽，唯有登步趕上。

誰知，當打開房門一看……辦公室內，不見任何人影！

我看看手錶，現在已經是早上十時多了，其他人呢？這種杳無人煙的辦公室，靜得連心跳聲也聽得一清二楚，我心裡不禁滲出一份恐懼感……

要冷靜，為什麼所有人都不在？

突然想到了！

今天是星期日！

這種自己嚇自己的場合，還是頭一遭，得見我精神狀況之差。不禁自嘲一番，這種過分緊張的狀況，我從未經歷過。或許在廿四小時內，連續遭遇到匪夷所思的事，令我失去平常的冷靜與判斷。

但是今天是假日，凌可可仍刻意跑來公司找我，讓我對這女子的印象又深了一層。

思緒被幾道響聲打斷，是傳呼機的訊息提示：「請回公司。」

看到這段訊息，就想到昨晚白無常提的，來自陰間，掌心不自覺就冒出汗來。但再仔細一想，便覺得這種聯絡方式不失為最佳方法。試想，若換成由電話通知，文字化成語音，相信一般人很容易就被陰曹職員給嚇壞。

現在是光天化日，相對於晚上，公司的「事」應該不難應付吧。

＊　＊　＊

前往古玩店的途中，我買了一個麵包，邊走邊吃。人家說，進食會安定心情，現在我開始相信。

再次來到工廈，抵達古玩店的樓層，我刻意逆時針繞了一圈，赫然發現，原來這一層除了古玩店之外，全都是空置。返回到店鋪門前，現在才看到門口旁邊還有一塊以樟木雕刻的對聯，寫著：「今夕吾軀歸故土，他朝君體也相同。」

終於明白，為什麼這層沒有其他商鋪，大概都是嚇怕了。

推門而進，我看到魯老闆與一位女士正在交談當中，由於她是背向著我，難以猜測她的年紀與樣貌，甚至是人還是鬼，這刻都還未能摸清，畢竟這間店並非一般的古玩店。所以我還是站在一旁等待較好。

話未說完，魯老闆就示意我過來。怎麼辦？現在我就已經開始緊張，只有硬著頭皮逐步走過去。

突然一個念頭閃過，她怎會是鬼？因為我本身沒有陰陽眼，要見鬼的話，就只能靠通靈糖。

魯老闆叫嚷著：「幹麼在那邊傻笑，快點過來。」當然他不明白我現時的精神狀態。

他一喊，背對我的女士也自然轉身過來，我倆四目相交，居然是瑞東的媽媽——李大媽！

這場巧遇，不單止我愕然起來，就連李大媽也料想不及，慌忙喊了我一聲社長。

不知情的魯老闆收到了我使得的眼色，瞬間了然於胸，由於現在我與古玩店有著不可告人的關係，自然不能表露太多。

我向李大媽說，魯老闆是我大學的教授，所以閒暇時也會過來幫忙。魯老闆聽到自己突然變成教授，當然滿心喜悅，連隨點頭應和著我的話。

我湊近魯老闆耳邊低語，說明這女士就是瑞東的母親，魯老闆一邊找了個理由跟大媽賠失禮，一邊拉著我到角落咬耳討論：「我猜，瑞東那邊的『紅圈』也起了反應，因為這位女士說要把家傳之寶出讓，來給兒子周遊列國。可是，我鑑定看來，所謂的家傳之寶，其實只是贗品一件。」

聽聞李大媽來此的理由，一開始讓我一頭霧水，後來一想，才想起由於紅圈的關係，我和瑞東兩人的性格共享，現在的瑞東具備的好奇心如我，才興起周遊列國的強烈念頭。

我相信李大媽不會騙人，有可能是她的祖先對這方面認知有限，才誤將一件贗品當作家傳寶貝。對於李大媽和瑞東，我有照顧他們的義務與責任，所以，我自告奮勇，向魯老闆自薦處理。

離開古玩店後，我帶著李大媽到附近一間咖啡店內繼續詳談。李大媽提起瑞東，樣子開心得差點流下眼淚，說自今早起，就發現他整個人都變了，從患病至今，也沒見過瑞東這樣的神采飛揚，而且還嚷著，希望能在餘生中可以放眼世界，而李大媽為了成全兒子，就打算出讓家傳之寶。

看到李大媽欣喜若狂，我選擇眼下最明智的做法——就是隻字不提贗品一事。我向李大媽解釋，家傳之寶豈能隨便出讓，至於旅費方面，我向她建議，可以利用她在報社工作三十年的年資，預支部分退休金。

李大媽開心得捉緊我的手，雙眼也泛出點點淚光，瑞東有這樣為他著想的母親，真的很幸福。

結束這個話題後，我們又聊了幾句，我問她，向來對古董玩意一竅不通，何以會懂得走到這間古玩店。原來，李大媽有次在打掃辦公室時，看到桌上放著一張紙寫著 E&H 的地址……

這張紙，顯然是淩可可記下來的，她知道的事似乎不少……

在我們臨別之際，李大媽提醒了我一件事，她發現近日報社有一種很不對勁的感覺……說白一點，就是感到辦公室裡有鬼。

我不清楚李大媽何來會有這種想法，我沒有追問，只是一笑置之，或許是替工一職讓我對鬼怪傳聞漸漸無感。

安頓好李大媽之後，我就返回 E&H，聽候魯老闆的差遣，可能覺得自己剛才做了一件好事，心情也變得輕鬆起來，可是這種心情並沒有維持多久。

我先向魯老闆交代李大媽的事，再問他召我回公司所為何事。魯老闆在開始交辦工作之前，鄭重向我聲明，我雖與白無常訂了協議，但這不能保證什麼，店鋪對於我受到「非人為」意外不負任何責任。

總之，魯老闆一句「對於非人為意外不負任何責任」，我只能苦笑接受，為了要讓我更加明白，他再補充，店鋪的對象並非單一化，我沒有追問，門前的對聯就已經表示地相當清楚。

魯老闆看看手錶，說著時間差不多了。我望了他一眼，問他：「好像還未交代我今天的工作……」

「哦？幫我看店就可以了。」

獨自一人？雖然現在是白天，但店鋪裡雜物滿佈，氣氛還相當陰森……

我沒有異議，因為只要「看不到」的話，情況應該不至於太糟糕。

他提醒我，這裡沒有電視，就算有，也收不到訊號，因為這裡的磁場很強，最好連行動電話都不要用，否則，輕則機件失靈，重則資料外洩……所以這裡唯一的消遣，就是聽收音機和閱報紙。

魯老闆這樣形容，應該只有身處於「鬼」地方，才會變得合情合理。他還打趣說，如果想尋求刺激的話，可以吃一口通靈糖，這是員工的福利。

我沒心情跟他說笑，只是叫他早去早回。他離開前順手替我打開收銀臺上的收音機，讓我緩和心情。

待魯老闆身影消失，我朝昨天那張會自動搖晃的小木馬望去，幸好，它還是若無其事地放在一角，但店內有數千件古董，真不排除哪一件會無意地動起來。

第8話

千金小姐

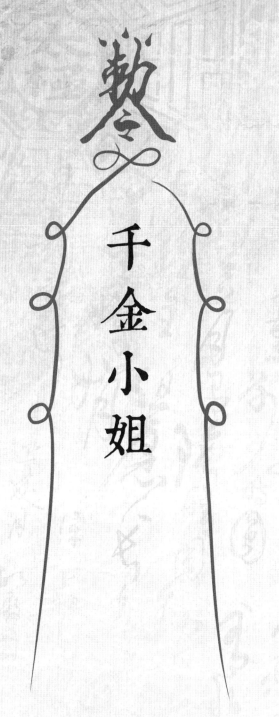

現在的情況，姑且還能適應，雖然這裡有一份說不出的寒意，但外頭陽光普照，光線能照穿店鋪三分之二的空間，只要視若無睹，還是可以接受。

但對著一大堆七國亂子的雜物，為免又胡思亂想，我便走到窗旁，向外看看街上的景物，看著一幕幕人來人往的影像，用力感受著真實世界的氣息。

然而好景不常，天色忽然一沉，風雲驟變，間斷的雷響籠罩整個天空。突發幻變的天氣在這季節時有發生，我見狀趕緊準備關上門窗。

迅雷不及掩耳，一聲巨響，令停泊在街道的車輛防盜警鈴鬧個不停，傾盆大雨一瀉而下。

聽到雷聲，反而帶給我一股莫名的安全感。或許是因自小就被灌輸，雷是上天雷爺打的鼓聲，各路妖魔聽到雷聲也會嚇得落慌而逃，所以嘴角也不禁微微翹起。

由於工廈的建構，窗子特別多，關窗時弄溼了衣服是在所難免。只好到收銀臺那邊吹乾，電臺也正發佈暴雨特報，看這雨勢，很難預測魯老闆能否及時回來。

雖然店內充斥著電臺主持人的說話聲，可是身處於「密封」空間，周遭有什麼樣的變化，還是很容易察覺。

「咔……咔……」

聲音就好像舊式電話的轉輪撥號一樣，從哪裡發出來？我不想追查。

只見收銀臺上有著同款話機，我做了一個非常愚蠢的舉動，就是拿起聽筒放在耳邊。

怎知，從聽筒內聽到接通的聲音，我瞬間即時將聽筒放下。

冷靜片刻後，我對自已說「現在起，暫停一切好奇的行為比較明智」。是的，我現在有一種困獸之鬥的感覺，而且還處於不利狀態，最好什麼都不要去理會、去碰觸。

我將精力專注在主持人的說話上，效果似乎不錯，至少能轉換心情。

「……小姐妳先不要哭，想一想，妳有沒有想點播什麼歌，想跟其他聽眾分享……」主持人語氣尷尬。

「沒有人會理我，就連新來上班的那個人，都不想和我說話……」

新來上班的……莫非是……我忍不住提起面前的聽筒，聽筒裡流洩出主持人的聲音，「好了，現在要送一首歌給收音機前的各位聽眾朋友……」

聽筒內可以聽到電臺主持人開朗的聲音，只能證明一件事！

這個 call-in 是從「我這邊」撥過去的！

我要……冷靜下來。我一邊跟自己喊話，一邊慢慢放下聽筒，以免被「她」發現。

聽著播放的歌，心裡極之忐忑。關掉收音機後，果然令心情放鬆不少。沒了廣播，四周因而陷入死寂，我再次聽到「咔……咔……」的撥號聲。

此時，收銀臺上的電話突然響起……

我想也沒想就拿起來，不等對方說話，便脫口說出：「先回來吧！」便掛斷！

「嘟嘟——」這次，輪到我的手機響了，原來是楊可迅來電，我像抓到浮木一樣立刻接起，看到熟人的來電讓我有回到現實的感覺。

「袁基，我已看過瑞東的病歷，情況算是樂觀，只要檢查報告下來，就可以準備接受治療了。」

我突然想起魯老闆說過，不能在這裡使用手機。雖然我不知道用了後會有什麼後果，但為免不必要的麻煩，我二話不說就關了機。

現在我不能坐以待斃，只能主動出擊，所以我在店內到處尋找有否另一部舊式撥輪電話。

「咔……咔……」

撥號聲再度響起，我沿著聲音，終於給我找到了。可能早有心理準備，當我看到一部會「自動」撥號的電話，心情比起昨晚看到會動的木馬來得平靜。

甚至到後來還有點生氣，索性拿起電話把它放到店外，打算來個眼不見為淨。

起初，我以為這是個不錯的方法，起碼再不用聽到讓我煩心的撥號聲，但卻換來另一件麻煩事。我聽到「她」在門外拍門，哀怨叫著：「袁基……快點開門……袁基……」

這種叫法，簡直令我頭皮發麻……她怎會知道我的名字？是楊可迅！他剛才來電，我們的通話洩露了我的名字……

現在彷彿有種「前無去路，後有追兵」的感覺。

事已至此，我再度恢復冷靜，其實並沒有什麼好怕的，她在門外不停地叫喊，證明她沒有能力進來。只要保持現狀直到魯老闆回來，一切就好辦了。

過了一會，門外哀戚的叫聲終於停了，就在我欲鬆口氣的同時，赫然聽到轉動門把的聲音，她……似乎想硬闖進來。

這種彷如恐怖電影的緊張關頭，讓我的怒氣超越了恐懼，我隨手拿一張木椅，等著門破開時就要朝對方襲擊過去！

我凝視著那不停轉動的門把，等待最佳的機會。

門打開了！是用鎖匙開啟的。

「搞什麼傢伙？」一名被淋溼的少女推門進來。

我倆對視好一會兒，回過神後，我放下手上的椅子。經過目測，她應該是人，而她好像也打量著什麼，就說：「是新請來的？」

「嗯，是替工。」

她變得嚴厲說著：「那你幹嘛把電話放在門外？」

看她的年齡，頂多廿餘歲，但這副懾人的氣勢，簡直如老當家一樣，既然知道她是人，我安心之餘便反問她說：「妳是誰？」

「魯善芝。」氣焰非凡地答道。

通常，只有認為自己的名字很響亮，才會用這種語調，但這個名字，我未曾聽過……而且也未曾在上流人士口中聽聞這個名字。聽姓氏，充其量跟魯老闆有點關係。

「是魯老闆的女兒？」

她沒有回答，只傲慢問著老爸在哪。顯然，這就是答案。

我返回收銀臺，一邊拿起報紙，一邊淡然地應她「外出了」。她對我的態度有點看不順眼，於是就斥責過來：「你都快死到臨頭了，還怕鬼，真是沒用的傢伙。」

她說的，應該是指我將話機丟到門口一事，我沒有為此多做解釋，但憑這句「話」，就證明她也知道老闆與這間店鋪的事，難怪說話會如此驕蠻。

在我思索的同時，她突然一臉詫異的表情望著我，視線一直盯著我的手，起初我並不以為意，直至她開口：「你到底是什麼人？跟乾爹有什麼關係？」

我頓了一下這才意會過來。心想她有能力看到我手上的紅圈？紅圈是白無常所畫，她口中的乾爹豈不就是指白無常？

我目瞪口呆的看向魯善芝，我心裡早就察覺到，魯家與白無常的關係並不尋常。

她還喋喋不休地追問我，但白無常說過，不可向任何人透露關於紅圈的事，我只好輕描淡寫地說：「想知道的話，就去問妳乾爹吧。」

她聽後，宛如火山爆發般，把千金小姐的脾氣給激了出來：「好，如果你不說，我自是有能力把它弄斷，對方那邊的紅圈若斷，被人給拾了去，此人肯定如人間蒸發般消失！」

說完魯善芝便二話不說，做出一個類似法科的手勢，看來她是真的想弄斷我手上的紅圈。

第9話

一段往事

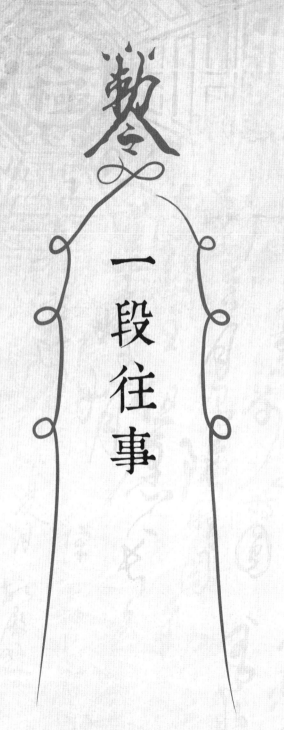

魯善芝那雙銳利的眼神、甚有架式的手勢，以及口中不斷提到的「乾爹」，足以讓我相信她絕對有能力弄斷我手上的紅圈……如果她真向我下手……瑞東那邊可就危險了。

我退讓一步，「魯小姐，如今妳已知道這事跟妳乾爹有關就好，我這邊實在無法多作解釋，妳不至於連妳乾爹的事都要干涉吧。」

我釋出善意，然而魯善芝的小姐脾氣似乎完全不受影響，反而還倒數起來，「三……二……」

這種極盡恐嚇的態度，就是要迫我說出來，若非她是女生，我早就好好教訓她一頓了。

這時，門口傳來一把聲，「善芝，別胡鬧了！」魯老闆及時趕了回來。

魯善芝被這一截，只得作罷，但仍帶著憤憤不平的目光向我走近，「我絕不會罷休。」說完便疾步離開店鋪，正眼不瞧魯老闆一眼。看起來，他們父女的關係肯定有什麼狀況。

送走魯善芝後，魯老闆順手將被我放在門外的電話拿了回來，臉色凝重，只叫我先下班，然後便回到收銀臺旁，點起一根香煙靜靜抽了起來。

那種抑鬱，應該來自魯善芝對他的冷漠，雖然老闆指示我可以離開，但說到底，我們也算是賓主一場，我淡淡地安慰他幾句，他只是黯然地說：「時間無多，說什麼都沒用。」

我在 E&H 古玩店多逗留了差不多兩小時。期間，魯老闆對我說出了一段往事。原本別人的隱私我是不會在故事中揭露的，由於事關白無常，我不得不寫下來。

魯老闆，本名魯朋有，精通各類神功，為六、七〇年代東南亞一帶著名的捉鬼大師。從小鑽研風水命理，身懷法力，凡涉及魑魅魍魎之事，無一不通。

只要他起壇作法，所有邪魔妖道都將聞風喪膽，逃之夭夭。他更表明，當年甚至有不少陰差鬼卒前來跟他打交道。直至年到四十，老來得女，讓他萌生想安穩過日的念頭，故決定金盆洗手，引退江湖。可惜，妻子因早產失血過多，最終返魂無效，而剛出生的女兒亦需在加護病房裡觀察。

那晚，魯老闆接到陰差私下通傳，善芝丑時將會被帶走。魯老闆難捨愛女，就算早已封筆退隱，為救女兒，仍毅然開壇作法。魯老闆破壞當初封筆誓言，惹來孤魂野鬼上門討債。剎那間，要對付千軍萬馬的債主，魯老闆實在招架不住，

此時，白無常聞風而至，將所有鬼怪驅散，魯老闆因而死裡逃生。鑒於魯老闆也算是為人界造福化孽，只因一念之差，白無常更為魯老闆私下更改生死冊，使魯善芝增續壽命。

閻王當然查得出來，雖然魯老闆生平有為積德，但生死有命，豈可隨意更改。為保陰曹聲譽，便把白無常為魯善芝增續的年期減半至二十五歲，當作扯平。白無常則降職為一般鬼差，收回生死冊以及判官筆。此外，更命令魯老闆自此不得再使用法術。

不僅如此，閻王更下令要魯老闆協助陰曹，與白無常合力，在人界找尋一些藏魄埋魂的物品，將其趕回陰曹受審，協助投胎轉世。

聽聞這段過往，終於將古玩店、魯善芝以及白無常的關係串連了起來。現下唯一令魯老闆最為苦惱的事，就是魯善芝今年已踏入二十五歲，換言之，她的壽命亦進入倒數階段……魯老闆必然不會跟她提到這件事，而且想必是

抱著虧欠與不捨的心情待她，以至於種下她恃寵而驕的性格。

正如閻王說的「生死有命」，任何人都逃不過這一劫，魯老闆固然明白，但要他眼睜睜看著女兒大限將至卻束手無策，也算是一種人間折磨，這讓我聯想到李大媽母子。世間最痛苦的，莫過於白頭人送黑頭人，總之希望他們能夠捱過，或許事情會有出人意表的轉折，也是未定之數。

第10話

中陰身

事隔一個月後，我如常至E&H古玩店上班。工作上所遇到的情況，也算開始適應。其實，所謂適應，也只是憑著「沒什麼特別的」鐵齒心情去看待。沒有令讀者期待的驚嚇畫面，因為我工作時絕不會吃糖……所以，這段日子的經過我便省略不提了。

至於上次楊可迅來電，無意揭露了我的名字，讓我飽受附於電話內女鬼之糾纏，那女鬼最後終於離開了電話。後來我便能一邊安心收聽電臺，一邊工作。

楊可迅沒多久便捎來訊息，說現時瑞東的病情非常穩定，只要定時服藥，可望活到五十歲。雖然白無常之前提過，瑞東極其量只能再多活三個月，但如此看來，人定勝天確實是有可能的。換言之，瑞東的陽壽增長了，意味著我的替工也勢必要延長了，但這又何妨，我能在E&H接觸到我嚮往的奇聞異事，也算是寓工作於娛樂了。

至於魯家千金，魯善芝，自從那天開始，她對我的態度轉了一百八十度。聽魯老闆說，原來是白無常托夢給她，說我是陰曹的「特約使員」。自此，她往後見面，都以「袁大哥」稱呼我，以示尊敬。

魯老闆又補充說，魯善芝只具有「慧眼」，雖然能看到我手上的紅圈，但無法使用法課上的能力，因為她天生早被閻王封身……如此一來，她便不能用法術幫自己續命。

所以，那天她只是純粹嚇唬我！無論如何，這位女孩的來日不多，往後的日子裡，我也會像魯老闆一樣，盡量遷就她。

自從被魯善芝發現手上的紅圈，想來真有必要好好隱藏它一下。魯老闆教我，用紫砂泥連同紗布一起包著手腕，除非對方擁有「法眼」或以上級別的❶「佛眼」，否則不會察覺得來。

說起來，這份替工也不是經常需要回去，前陣子較忙，而這星期算是清閒，所以，我便有多一點的時間留在報社。

不知道是否與魯老闆接觸多了，而有所影響，近來我發現到，報社的辦公室確實充斥著一股說不出的氛圍，想起李大媽曾對我說過，報社內可能有鬼？

我拉開隔著的百葉簾，望望職員辦公室的情況，同事們都如常工作，臉色、行舉也沒有異常。其實要知道同事間的近況，最佳的方法，就是叫冼祕書過來了解一下，簡單直接。

冼祕書知道我的脾性，所以進來後，都會盡量簡潔的回報公司情況。然而提到業績上的數據時，我就最為頭痛，我索性叫她停止。

我問她，在我外出時，報社有沒有發生什麼特別之事，她打開筆記本，迅速瀏覽後簡潔回答沒有，大多是大社長來過，她口中的大社長，就是外公，這部分暫可不理。

我繼續引導她，「公司內近日有沒有遇上不見的東西，過一會兒卻又找回，或是電器用具失靈等……」我之所以舉這些現象，是因為這些現象大多是某處空間有靈異的先兆，

冼祕書托腮一想，應著沒有留意有發生過這類事件。原本還神色自若的她，突然間臉色化為鐵青。看到她臉色轉化，我才記起，冼祕書生性膽小，對這種事情極為敏感，且身為我祕書，可能已猜想到我這問題背後的含意。她立即緊張問我，辦公室內有什麼不對勁？

關於這個問題，我也想知道，現在倒過來問我，我當然不知該如何回答。或許是我找錯對象，這些離奇怪界的事，應該找凌可可才對。正當想到她的

時候，這才發現她才是問題的重點。

「這幾天都沒看到凌可可，她在哪？」我問。

「凌可可？是誰？」冼祕書猶疑反問。

「新請來的那個女生。」我應。

「我們很久沒有請人了……」她開始緊張答著。

雖然只是很簡短的對答，但彷彿從頭頂倒灌冷水般讓我渾身起雞皮疙瘩，我明白再糾結下去，只會令自己吃不消。另一邊，冼祕書也被我莫名的提問潑得一頭霧水，我唯有換另一個方式再問。

我假裝是自己記錯，緩和冼祕書緊張的情緒。片刻後再度刻意提起，有關早前面試的三個新人的資料還有沒存檔，她翻查筆記簿後回我：

「當天只有兩個人來面試。」

聽後，我差點連眼珠也掉出來，便向她憶述，當時我面試前兩位後，她還敲門示意還有第三位要進來，殊不知她倒過來笑我記性真差，那次敲門只是在提醒我面試完畢。

「嗯，可以了。」

我勉強裝出一副冒失的表情，叫冼祕書先行離開。直到她離開辦公室後，我才敢大力吸一口氣。

到底「凌可可」是怎麼一回事？我第一時間查看公司出勤記錄，以及她之前給我的原稿，但怎麼找都找不到，落得我腦海一片空白。

她不可能是我自己憑空想像出來的！但回頭一想，好像自從聘用她以來，公司裡似乎沒有人提過她半句，較為間接的證據只有瑞東看過她的原稿，但困擾的是，瑞東正在周遊列國中，想跟他求證也沒辦法。其他的職員肯定也解決不了我的疑惑。

凌可可事件，比起會晃動的小木馬和自動撥號的舊式電話，都要讓我膽寒，因為後者只有在符合某些條件下才會發生，至少還可以自圓其說。但凌可可這個女孩，不論樣貌、性格，以及我倆的交流，我都能切切實實地記起，就算楊可迅經常說我有「神經病」，我也不可能從腦內自己刻劃出一個從未遇過的角色出來。

相信這種古里古怪的事，只有魯老闆才能幫我解答。

我拿起掛在椅背上的外套，正趕著出門，正當打開房門的那一刻，凌可可突然迎面走過來，說著：「社長，去哪？」

「別擋著，我趕時間。」我脫口一說。

頓時，辦公室裡的同事全都呆然地望著我，在他們眼裡，只看見我在自言自語，只當我神經錯亂，全都不吭半句聲。

到達 E&H 古玩店，魯老闆一如往常坐在店內看報紙，見我過來，顯得有點吃驚，因為我不替工的時候，絕對不會來古玩店。魯老闆未問我所為何事，反而打趣地說：「你家報刊連載的《怨刀三留情》這部武俠小說，最好快點腰斬，劇情又不武俠又不風流，看得我一肚火。」

對於魯老闆的評語，我沒有閒情回嘴，現在有求於他，最好給他一頂高帽子，才有望成功。我恭敬向他請教：「晚輩此次前來，主要是有一事想請教魯大師的專業意見。」

魯老闆大笑起來：「晚輩？說得多動聽……晚輩先生，你不是經常說自己的奇幻體驗與老翁相比不遑多讓的嗎？有何事向我請教？」

給他揶揄幾番後，我便將凌可可的事一五一十道出，魯老闆一副百無聊賴的模樣，悠悠回道：「辦公室有鬼，有什麼出奇？陽光少，加上空氣不流通，本來就是『藏污納垢』的好地方。」

或許，魯老闆只聽到「鬼」這一字，就已經毫無興趣，更強調我的辦公室絕對比不上古玩店來得靈異。但問題是，凌可可出現的整個過程根本與常人無異，甚至乎，連她自己可能都搞不清楚自身的狀態。

魯老闆眉頭一抬，終於露出認真的神色答道：「若你推測屬實，連自己已經死了都不自知的話，這種情況通常稱為中陰身。」

他接著向我解釋，中陰身與鬼略為不同，中陰身算是人死後到鬼的過渡期，這狀態仍然存在所謂的七魂，即喜、怒、哀、懼、愛、惡、慾，但這七魂會隨著時間而消失，通常至七七四十九日為止；而處於中陰身的狀態時，有部分的「人」，還未感到自己與他人有什麼分別，所以會依據他生前的記憶，繼續存在。

這意味著，初遇凌可可時，她剛好可能處於中陰身狀態，如果按照面試當日算起的話，至今也差不多一個半月餘，如今她可能已經變成了一頭切切實實的鬼。

魯老闆回頭繼續邊看報邊說：「倘若那頭女鬼死後仍有當記者的執念，

你家報社最好為她超渡一下，因為帶念的鬼，久而久之，輕則化成厲鬼，重則無法輪迴轉生。」

我苦笑應他，除了名字之外，她的出生、死忌我是一概不知，怎能為她超渡，魯老闆此時終於放下報紙，一臉正色答著：「要知道此事並不難查，只看你有沒有膽量……」

❶佛教中有「五眼」，分別為肉眼、天眼、慧眼、法眼、佛眼，佛眼等級最高。

第11話

尋人

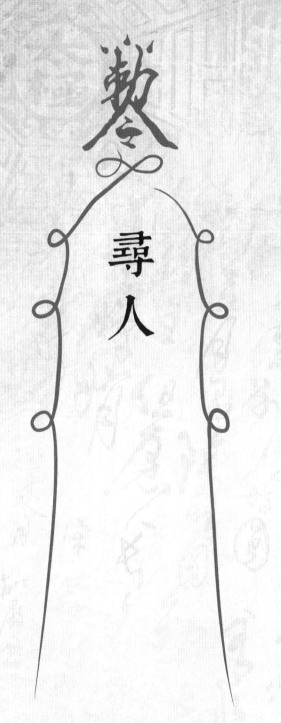

魯老闆每次提到膽量問題，其實暗裡意思就是問我「你惹得起不？」我已在這裡工作一個月有餘了，連白無常到辦公室來拜訪我，我都遇過，還有什麼比這個更可怕的呢？我要求魯老闆開門見山，直接說出尋找凌可生辰的方法。

魯老闆叫我準備一盆水，接著他就拿出一道綠色符咒。我曾從那位湘西的考古教授那邊聽來，一般符紙都是黃色的，而綠色的符咒則有必須執行之意，法效上算是來得強硬。

老實說，綠色符咒的使用方式即使電影橋段也未曾見識過，魯老闆貿然拿出，心裡多多少少總有疑惑，所以我忍不住問著：「大師開始之前，有沒有必要先告訴我待會要做什麼，好讓晚輩有個心理準備？」

魯老闆托一下眼鏡，才想起還未跟我講述這方法的程序，只顧著揶揄我一番，以為我什麼都不怕，也就忘記解說。

話說，這道符咒是用來通傳白無常，當符咒化為灰燼落在水裡，此時就能在盆中與它溝通，而這盆水，就好比螢幕顯示一樣。由於古玩店本身即負責為陰曹緝拿人界中的孤魂野鬼，所以向白無常查閱詢問，絕無問題。

雖然這個「查詢」對查問者不會造成任何負面影響，唯一的缺點就是會受到人界怨魂們的騷擾，當它們得知有人具有與曹府溝通的管道，便會糾纏不清地跟住那人，要他幫忙。

原來，魯老闆所謂的麻煩，就是指遭到其他靈體的騷擾，我估計只要不理，該不會有太大問題，便向魯老闆點頭示意，表明可以開始。

魯老闆提起符咒，口中唸唸有詞，時不時道出我的名諱，我想這應該是要告知召喚白無常的人為何人。符咒開始自燃起來，灰燼盡數散落至盆中，此時水面冒起陣陣白煙，待白煙散去，白無常的模樣便浮現於水面上。

「有何要事？」白無常的聲音從水央傳出。

「白大爺，晚生想查問一女子的生辰以及死忌。」

「有看過此人的樣貌嗎？」白無常問。

「有。」

「想著她的模樣，然後閉上眼，用右手食指在水面上寫出她的名字。」

我按照白無常的指示，在水面上寫出淩可可這個名字。雖然是閉著眼，但我仍然感到水盆震盪得十分厲害，相信這是查閱的反應。

「並無此人資料，沒有出生，何來死忌。」白無常帶著不滿的語氣回我。

咦？如何可能？莫非這是假名，但是怎麼會有人在面試時用上假名？白無常接著說，其實名字是真是假問題都不大，只要稱呼過對方，而對方也有回應過，加上所想樣貌正確的話，仍舊可以追查出來。

白無常的解釋讓整件事更玄上加玄。凌可可難道只是我的幻象？魯老闆再度大笑起來，說她會不會是我綺夢的對象，我當然沒有閒情逸致與他抬槓。連白無常這個最可靠的對象都查無結果，看來只能就此作罷。

過了幾天，凌可可仍然沒有出現在辦公室，至少我沒有遇到，而李大媽說報社有鬼，她所指的十之八九就是凌可可。雖然這樣解釋完全符合邏輯，但是我仍難以置信，畢竟要承認自己撞了鬼也不知情，也真是❷老貓燒鬚，虛枉了我以往的經歷。

每當被這類事情困擾時，我都很自然走到窗臺，看看街上的真實寫照，這樣做能讓自己抽離虛幻，回到現實裡頭，心情也會放鬆不少。

心情平復後，辦公室的電話不識趣地鬧著耳來，真不想接聽那些擾人的業務，但這就是工作，只要人活著就要工作，我不情願地拿起聽筒。

「社長，有兩位沒有預約的先生想來拜訪你。」冼祕書語帶緊張，經驗老到的她很少會有這樣的反應，除非對方極不禮貌，又或是什麼黑道中人……因為我們辦的是報刊，有時也免不了惹來部分不滿的「讀者」。

我提振精神叫她別太緊張，再禮貌請他們進來。冼祕書敲門幾下，身後跟著兩名同是穿著黑色西裝戴著墨鏡的男子。其中一名男子一頭曲髮，華人面孔，個子至少有一米八，雖然是一身西裝外套，但仍難掩其健碩的身型。另一位則是西方人士，除了頭上一蠟金髮，其餘的都跟曲髮的那位，簡直就是一式一樣。

我叫冼祕書為兩位客人調兩杯咖啡進來，因為冼祕書調咖啡的技巧非常到家，至少可以緩和一下氣氛。

曲髮男子摘下墨鏡後，向我說：「不好意思，我不喝刺激性飲品，而旁邊的那位，在執勤時絕不會飲食。」

他脫下墨鏡，樣子比剛才更加冷酷，我覺得他戴回會來得和善，想不到他說後真的將墨鏡給戴回去，也許他自己也知道這樣會好一點。

我就順著他們的意向，示意洗祕書先行離去。等門關上後，我便招呼來者就座。但那個洋人仍然站在門口，似乎不想有人進出這個密閉空間，更讓我訝然的是，洋男還從外套內拿出一部類似汽車防盜的配件，在辦公室周遭探測起來。

老實說，人的容忍是有限度的，對於這種極為不敬的行為恕我忍無可忍。我刻意拿起檯上的拆信刀，用力擲向那人旁邊一個木製文件架，拆信刀快速地緊緊插在櫃邊上……我用上自豪的口吻對著兩人說：「這裡沒有什麼機關暗格，有的就只有我的手……」

關於這一幕，我並非自吹自擂，只是我認為有必要向諸君簡單講述一下。由於我身材一般，從小立志遊歷世界，就不得不需功夫技倆傍身。習武方面我不是吃不起苦頭，我也曾學過幾年中國武術，但是功夫這門學問容不得偷懶，只要稍有惰性，就算多年成果也會一夜白廢。

反觀在遠攻或投擲技巧上，我敢自稱專家。但凡能投擲的東西，只要經過我手，都可變成一件暗器。或許我算得上是眼明手快的那類型，雖然手力一般，但卻能以速度取勝，加上鑽研考古多時，眼利亦是關鍵，我保證，被我投中鋼珠的人，與吃一記重拳，相比之下，該是不相伯仲。

所以剛才我飛出的拆信刀，其速度之快，對方根本來不及做任何反應，直至過了兩秒，那個西方人才除下墨鏡，對我怒目相視。

眼見局勢一觸即發，曲髮男子即時伸手制止，然後轉頭對我客氣說著：「新聘的外籍保鏢，尚不懂中國人的禮節，請勿見怪。」

我冷語一句：「連名片也沒有奉上……似乎，先生也是自外國長大。」

他當然明白，此話同樣暗示他沒有禮貌，他沒有惱怒，只是再次跟保鏢交換眼色，貌似在等候什麼。

這舉動簡直令人發火，我大罵一聲：「看他有屁用麼？我可以告訴你，這裡只是一個極之普通的辦公室，沒事的話，就請你們離開！」堂堂一個大男人，被我連聲斥罵，自然不好受，他喉嚨吞下「唔唔」兩聲，然後就變回嚴肅的神色：「袁先生，剛才的做法實在無禮，但只是為了保障大家……」語畢，他便站起身來，雙手遞上一張卡片。

「靈異公會？」我瞄了一眼。

「袁先生，我是靈異公會亞太區的行動成員，叫T6G。」

靈異公會。如果是熱衷於光怪陸離的人，對這名字肯定不陌生，這公會是全球性組織，分佈廣，成員與行動均極為隱密，沒有固定的會址，加上財勢雄大，某些國家甚至視其為座上賓。總之，其勢力諱莫難測，沒事的話，最好不要搭上他們。

我記得大學時，有一位極為崇拜公會的同學，花了很多錢終於查得公會的一些資料，他說過，除了公會骨幹之外，所有成員都是用數字或字母組合作為代號。成員階級共分為四等，以「字位數量」作區別，曲髮男子介紹自己為T6G，即三位字，也就是第三級成員，而最高級的成員就是單字元，據說至少要經歷十年才有機會上升一個級別。

「抱歉耽誤袁先生的時間，我說話就不拐彎抹角了，公會想請先生協助找尋一個人。」

我冷漠應他：「如果貴會要尋人的話，敝報有尋人啟事服務，你大可去廣告部找經理問問……」

T6G沉住氣地說：「此人……並非一般人，所以不能用一般方法。」

想到他這個古怪的名字，我不禁好笑起來：「『天陸知』先生，我家是辦報社，不是偵探社，恕敝報不能幫得上忙。」說完我隨即提起聽筒，打算叫冼祕書送客，T6G見狀一手按住我的手腕。

我瞪了他一眼，他才不好意思放手，連忙解釋：「我們請求幫忙的，不是貴社……而是袁先生閣下。」

他簡單一句話令我快速盤算起來，我與靈異公會素無來往，對方居然親自派人過來，表示要我幫忙找尋的人或許是我認識的，否則，找知名的偵探不是更加有效？不過，既然公會有花不盡的財力，可能已經派上幾十位偵探去找也說不定，只是最終仍無結果。

其實，我大可以身體不適為理由來拒絕，但又怪自己想知道那人是誰，所以我繼續冷淡說：「我要聽聽那人是誰。」

T6G毫不避諱地立刻說出那人的名字。

---

❷老貓燒鬚，粵語的說法，指經驗豐富、對某事很熟悉的行家，因疏忽大意而搞砸事情而言。

第12話

一級成員

靈異公會要我找的人，居然是凌可可？怎麼可能？連白無常都證實，不論人界或陰曹，根本就沒有此人存在。靈異公會，神祕的地下公會，掌握世間關於光怪陸離傳聞的所有資訊，如此權威性的公會竟會認為凌可可是人……這到底是怎麼一回事？

莫非我眼前的T6G先生，只是代為傳達口訊的橋樑，本身並不清楚整件事的來龍去脈，所以才將這個任務形容得是在尋人？

我稍作淡定，問他：「貴會如何認為我認識她？」

T6G坦白承認，他也不清楚實情，只是奉命行事。果然被我猜中。既然如此，我也不期望能從他口中打探到什麼。

公會派員露面找我，顯然有十足把握，知道我與凌可可相識，所以我也不再跟他們繞圈子。或許凌可可本身就是公會的「成員」之一，甚至就是她跟公會回報了與我的關係。

我也坦白地說：「我也算是認識凌可可，但我沒辦法找到她，恕我無能為力協助貴會。」

T6G聽到我這樣回答，反倒露出喜色，打破一直僵硬的面容，「恰如推算的一樣，像袁先生這樣的性格，應該也曾試圖找過凌可可小姐……不如我帶先生去見一個人，或者尋人一事就容易水到渠成。」

顯而易見，公會在來找我之前，想必已對我這個人作過縝密的分析，就連我試圖找凌可可的脈絡都能準確推算出來。其實我真不想與他們扯上任何關係，畢竟凌可可的事，就連白無常都無從插手。

幫與不幫，是其次，難得可以探查到凌可可到底是怎麼一回事。要怪就怪自己諸事好奇，我沒考慮太多，就站起來向 T6G 說：「好，現在就帶我去見那個人，但見面也不代表能幫得上忙，希望你們明白。」T6G 點點頭後，我們便驅車出發。

我之所以不想跟公會搭上關係，其中一個原因，就是不喜歡那些神祕組織的行事作風，總是神神祕祕，而且還喜歡把事情複雜化。

要說我成見也好，偏頗也好，總之，我對這種神祕組織就是保有這種刻板印象，結果也正如我所料。我開著我的車，一邊載著他們，一路聽著電話指示，轉東轉西，時停時進，極之無謂，這麼做無非怕我被人跟蹤，這點我可以理解，但我只不過是一個星斗市民，充其量只是比別人多了份好奇心，如此戒備我倒覺得不必要。

開了約莫三十分鐘的車程，我們來到一個公眾停車場，下車後便搭上他們早已準備好的車。我不得不說，這輛車極之豪華，不論隔音或避震系統都相當一流，足以隔離內外所有的通訊以及路面情況，這樣還不夠，他們還用黑布替我蒙眼，好讓我無從判斷前往地方的路線，真是設想周到。

蒙眼期間，我數過，一共停車三次，每次起碼超過五分鐘，若在澳門街，十五分鐘的路程已經可以由北區去到南區了。其實這一連串多餘的程序，真是好笑得很，我打賭，同車的兩位對於這份差使也不好受，如果我一早拒絕他們，或許他們還會暗地拍手叫好。

車子引擎終於停止，我知道目的地到了。即使我被帶下車，仍舊被蒙上雙眼。我被人帶領著，走在鋪著地毯的長長走廊上，在蒙眼的情況下走路實在有點不適應，我走得歪歪斜斜、磕磕碰碰，只得倚賴 T6G 的攙扶才行。

走廊、升降機、彎彎繞繞，終於停止前進。他們在我面前推開一扇門，接著扶我坐到一張沙發上，等我坐定後，T6G 與保鏢倆人便不動聲色地離開。

突然前面有一把男人的聲音：「袁先生，辛苦了，你可以除下眼布了。」

眼睛一睜開，並沒有接收到預料中刺眼的光線。房間的光燈都調和得非常黯淡，男子向我解釋，燈光稍後會變回正常，這樣做是想先讓我的眼珠慢慢適應，這做法，算是我認識公會至今最為款待的一次。

等我適應後，我才有餘力觀察眼前這名男子。他穿著的服飾跟 T6G 他們截然不同，很有時尚感，戒指、頸鏈都是骷髏頭飾物，年齡與我相近，光頭，面上掛著一副潮流墨鏡，有一種說不出的神祕感。他向我簡單介紹，是公會第一級成員。

代號叫「Z」。

除了管理階層之外，第一級成員也就是公會中最高端的級別。依正常晉升流程，要考上第一級至少要花三十年的時間，這個年紀的他已經是第一級的話，應該絕非等閒之輩。

「恕敝會冒犯，關於袁先生的所有事，包括學歷、嗜好、人際網絡……我們都已經瞭如指掌，連到 E&H 古玩店做兼職的事也都調查過。」

我莞爾一笑，將雙臂作枕倚在沙發上說著：「貴會已對在下如此了解，也應該知道尋人並非我的專長……又何需如此大費周章把我請來？」

「以袁先生的才能以及求知慾，我相信你已經知道凌可可並非實質的存在著。」Z用肯定的眼神直勾勾的盯著我，或許是希望能從我眼神中探查出什麼線索，我雖沒有必要隱瞞，但也不會隨便透露我與白無常之間的關係，畢竟事關人命，且我也怕招惹麻煩。

我好奇反問：「公會素以追查靈異聞名於世，如今要找一個並不存在的人，這並不奇怪，但以貴會的人脈與財力，找人並非難事，為何找上我這個沒沒無聞的人？」

「袁先生，你絕對是非常關鍵的人，因為世間上就只有你，是凌可可小姐願意『主動』接觸的人……」

Z口中所講的「主動」以及說話方式，確實引起我的興趣，我不需質疑此話的真確性，畢竟堂堂一個組織要騙人，何需用上這低檔的技巧？不如說，我一直想知道凌可可與公會之間的關係。

聽聞我的疑問後，「不管袁先生曾有過多少經歷，接下來我要說的事，也懇請相信絕非捏造……」Z先生鄭重說道。

我點點頭後，他便開始闡述。

雖然，我早有心理準備，知道這事絕不單純，但聽完Z的話後，也不由地頭皮發麻起來。凌可可確實與公會大有關係，因為她正是現任公會會長——凌芊芊——的雙生姊妹。

話說當姊姊凌芊芊出世後，凌可可突然在母親腹中沒了生命跡象，剖腹取出來之時，更加證實凌可可已夭折，難怪連白無常也查不出她的出生日期，因為凌可可根本就沒有出生過。至於凌可可之所以能幻化成人，甚至長大，全因她的姊姊凌芊芊之故。

凌芊芊是個天賦異稟之人，小時候就已經掌握到所有異能，如通靈、感應等，一概無師自通。由於是同卵雙胞胎的緣故，凌芊芊雖然才剛出世不久，卻也感受到妹妹已夭亡，更玄妙的是，她竟然用自身的能力容納起妹妹的靈魂，讓兩個靈魂棲息於同一個軀體之下，使凌可可得以存續。

Z說到這裡時，我揚手要求他先停下來，難以置信的訊息一波一波灌入我腦袋，讓我有些消化不及，加上箇中實在有太多疑團，雖然我想一一確認，無奈可能需要花更多的氣力與時間，所以我將重點放在公會會長凌芊芊身上。

傳聞凌芊芊是一位大美人，甚至有人以「美麗得可怕」來形容她，之所以將美麗與可怕掛鉤，原因在她不單止美貌出眾，而且還有一雙盈盈秋水的眼睛，完全能將所有異性震懾過來。更有人說，凡雄性生物定眼跟她對視五分鐘以上者，輕則會呼吸喘速，重則會使心跳加快，繼而突發心臟病。

我早說過，靈異公會絕對是不好惹的組織，就連向來遵循好奇心大於一切為宗旨的我也免不了要卻步，尋找凌可可居然會牽扯到傳說中的凌芊芊，實在大出我意料……總之，我不想死於美色之中。

雖然如此，但機會難得，不把握實在可惜，我忍不住問Z，公會將凌可可視為「鬼」嗎？他說不是，正確來說，是將凌可可定為「念」的狀態，念與鬼兩者情況相似，但鬼有因果，而念則什麼都沒有。

原來，凌可可的身世是如此地撲朔迷離，難怪當日白無常在生死冊裡也查不出個所以然來，就連魯老闆這樣道行高深的人也錯猜她是所謂的「中陰身狀態」。

而公會之所以那麼緊急地想找回凌可可，是因為擔心有「人」會對她不利，至於這個「不利」是什麼，我便沒有追問，因為我不想淌這趟渾水。

聽到這裡，我突然有些同情凌可可了，將Z剛說的內容翻成白話，就是說淩可可只是個無謂的存在，既沒真實活過，也沒任何情感執念，連鬼都稱不上。如今我也算是知道了他們的「家務事」，就這樣一走了之也太不知好歹，所以我便答應他，如果有機會再遇到淩可可，我會勸她聯絡公會。

Z顯得十分平靜，我的答案或許也在他的預料之內。談完後他便派人送我回去，臨走之前，他叮囑我一句，關於淩可可的事，很可能有心懷不軌的人會對我不利，囑咐我萬事小心。

從Z的話可以看出，他肯定知道誰想對我不利。

第13話

跟蹤

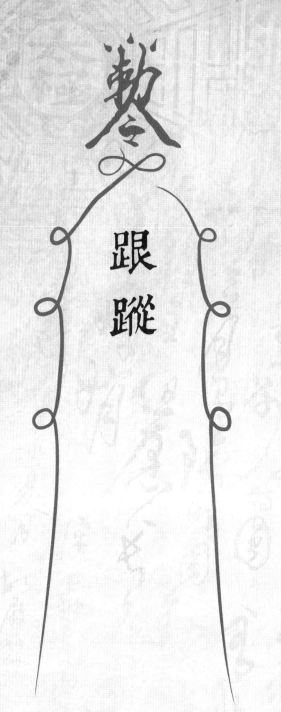

事實上，凌芊芊、凌可可，甚至是靈異公會的事，我根本就沒能力插手，唯一可做的，就是再有機會遇見凌可可時，給他們通知一聲。

Z在送行時，給了我一組聯絡電話，只要有任何消息，都可以致電過去。

離開神祕幢幢的公會，返回到日常可見的現實時，已經到了黃昏時段，我奔波了一整天，精神肉體也都到達極限了，卻還不想回家，可能是想貼近鬧市，好好感受一下真實的感覺。

我漫無目的到處逛逛，現在正值下班時間，途中人潮熙來攘往，男男女女，擦肩而過，在我側身讓路之際，我注意到離我二十碼開外的方向，有人在尾隨我。

我故意放慢腳步，對方也跟著慢下步來；反之，我加快腳步，對方也跟著小跑步起來。只要我突然轉身衝到那人面前，肯定令他不知所措，但是，我又想到Z的叮囑，這樣做只是魯莽之舉，也可能讓自己陷入不利的態勢，兩相權衡下，我還是先停止無謂的挑釁。

只不過被人跟蹤的感覺著實不好受，我打定主意要甩掉他。剛好走到的這區裡，有一所高級的法式餐廳，這餐廳是會員制，恰巧我跟外公正是這家店的貴賓。

當我踏進餐廳門口時，刻意放慢腳步，這麼做無非想讓跟蹤者知道，「你輸了」。

難得進來，當然要開瓶波蘭紅酒消消氣，如Z所言，麻煩已找上門來，但我並不擔心，畢竟在外闖蕩多時，什麼大風大浪沒見過，被人跟蹤根本不算什麼，如今我所顧慮的，就只有外公。

四處遊蕩，免不了樹立了一些仇家，當我有麻煩時，我習慣去找鄧伯伯幫忙，或許你會問鄧伯伯是何人？我只能透露他是個富豪，其他的事，就不便多談，有機會再說。簡言之，鄧伯伯是在黑白兩道都吃得開的人，找他派人保護外公，簡單方便。我立即致電鄧伯伯，僅略略講述，也不講白，鄧伯伯是明白人，馬上了解我的處境，隨口便承諾了我。

在我講完手機不久，餐廳經理拿了一支瑞士紅酒過來，看到這支紅酒我初感納悶，這並非我所愛喝的紅酒，這裡採會員制，服務也是十分周到，記錯顧客點單是絕不會發生的事，所以我當下有些錯愕。

經理看我訝然，先是禮貌地躬了一個身，接著揚手指著前方：「是那位先生請您享用的。」

我的視線朝著經理所指之處望去，只見那人露出一副心懷不軌的笑容，向我點點頭，他的樣貌並不出眾，猶如街上隨處可見的面孔，但我敢肯定，他就是剛才跟蹤我的人，沒想到，對方也能進出這間餐廳，真是人算不如天算。

失望之餘，我擺擺手拒絕對方的好意，經理明白後，再次躬身後退了下去，而那個人，並沒有罷休，筆直朝我走近，並挑了一張椅子面對著我坐下。

「袁先生，放心，我不會像那堆沒名沒姓的人，就只會裝神祕、拐彎抹角，我只耽誤您一分鐘就好。」

他所指的沒名沒姓，明顯在說靈異公會那幫人，公會成員均用字母與數字做為代號，確實沒名沒姓，另外，這句話或許也在暗示我，「儘管公會下這麼多功夫與我會面，他仍然有方法知道」。如此一來，到底他有何來頭？

我笑了一聲，就應：「的確，有些人是沒名沒姓……還未請教先生寶號。」

他微微一笑，回道：「跟他們同『公司』的，我叫莫廸夫。」

他也是公會的人，卻又跟Z他們不同，能夠公開自己的名字，證明他的職位更勝Z。

從莫廸夫剛才簡單的幾句話以及態度，我能感受到靈異公會內部肯定出現什麼問題，而且不是意見分歧那般簡單，要我比喻的話，就是派系鬥爭那樣。未免往後受到池魚之殃，我得盡快跟他們劃清界線。

「真意想不到，今天會遇上這麼多不認識的人，若你真的神通廣大，想必你也不會不知道我剛剛的談話結論，總之，關於貴會之事，我在此鄭重申明，我不想也不願有任何干涉。」

莫廸夫收起剛才的嬉臉，正經說道：「袁先生，我是一個做實事的人，所以我希望你也是……」

我當然不明白他話裡另有什麼含意，他沒有解釋，也沒有說話，只是拿起餐刀在桌上隨意劃了幾下，然後便挑眉抬眼對著我說：「為確保你剛剛的承諾，你的朋友暫時由我保管了。」

我還不明白他到底在說什麼時，他朝某處一比，而我順勢看了過去……

我的手腕！

莫非他能看到我手上的紅圈？

紅圈是白無常所劃，目的是將我與瑞東的命運繫在一起，從他剛才的動作和說話語氣，我好壞只能猜想他有弄斷紅圈的能力。可是現在又不能夠拆開紗布確認，究竟這個人想怎樣？

我只好裝得泰然自若，「一分鐘已到，現在我想一個人小酌一下。」

他大笑起來，笑聲之大引起其他顧客的側目，歡快地說了聲「打擾了」之後就抽身離開，邊走邊背著我說：「你並不是一個人。至於你的朋友，只要先生什麼都不理，他就很安全。」

老實說，我是強裝鎮定的，因為我的腦子早就空白一片了，直到經理遞上一支紅酒過來，我才有所反應。當我確定莫廸夫真的離去後，我輕輕拆開手上包覆的紗布……我手上的紅圈，不見了……

我用魯老闆教我的方式遮住紅圈，但莫廸夫依然仍看見，顯然他擁有法眼以上的能力，而且還弄斷紅圈，破了白無常的法術，可見此人的能力不容小覷！

現在最重要的就是紅繩另一端的瑞東，我連忙致電給他，但對方手機處於關機狀態。我改撥打楊可迅的手機，想知道他有什麼瑞東的現況。楊可迅接起電話後，被我急迫的語氣嚇了一跳，然後跟我說瑞東現正前往南非途中，最快要十二小時後才能聯絡得上，我也吩咐他，聯絡上之後，囑咐他盡快回來。

莫廸夫突如其來的撩撥已弄得我魂不守舍，就連「醒酒」的時間都等不及，我便大口飲下。

未經醒酒的紅酒口感酸澀，也無風味深度可言，但我已顧不得，紅色液體順著口腔滑入喉嚨，我閉上雙眼，在腦中盤算下一步該如何是好。事件的關鍵是凌可可，只要她一直不出現，就算我想插手也沒有機會，加上莫廸夫這個人的出現，論能耐也輪不及我應付。唯今之計，就是去找魯老闆商討紅圈一事。

正當我揚手打算呼叫經理前來結帳之際，凌可可憑空坐在我面前……我終於明白莫廸夫剛才所講「我不是一個人」是怎麼一回事了。

「社長，這麼快走？」凌可可一臉稚氣地問著。

我沒有應她，只是看著她，心中卻想著，到底要當她是人、是鬼，還是空氣？

只要跟她說話，旁邊不明所以的客人會有何反應？當我是自說自話的傻子？還是當我是遭受失戀打擊、前來買醉的商務人士？

我沒有回應，只是揚手叫來侍應生。

「先生，有什麼可以效勞的嗎？」

「給我多一隻酒杯，」侍應生露出一面疑惑的神色。

我改口：「給我換一隻酒杯。」這時侍應生才從剛才的愕然中回神，立馬回覆：「馬上為您送上。」

不是我口誤，我是故意用這方法來測試，結果證明，坐在我面前的凌可可只有我看得到。為免其他用餐客人誤會我在跟空氣對話，我拿出一副藍芽耳機，用極盡誇張的動作來戴上，我想這樣才能自然地跟別人看不見的凌可可對話，而其他人也只會以為我在講電話。

一切準備就緒，現在就能好好跟她聊聊。凌可可在旁觀察我的舉動，也猜到我有什麼用意。

我直接問她與姊姊的關係如何，凌可可顯得失落，「社長，你怎樣知道的？」

「公會的人找過我。」

凌可可仍顯失落地說：「社長會通知他們來帶走我嗎？」

「其實……我不想介入你們的事，但我認為妳回到妳姊姊身邊，對大家都有好處。」

凌可可眼眶泛淚：「那些人都只為姊姊……」

這是我第一次看到女生在自己面前流淚，令我有些手足無措，雖然沒人看到，但仍然令我坐立不安。

「那麼妳想怎麼辦？」

凌可可認真起來：「我要跟著社長。」

聽到她說的這番話，我真不知該給她什麼反應，當她是鬼的話，我還可當作被鬼纏身，但一想到凌可可連實質存在的意義都沒有時，我不免替她掬一把同情的眼淚。

話說到一半，整間餐廳突然漆黑一片，在場的客人不禁喧嘩四起，緊接著一名男子大叫：「SHOW TIME! 凌可可小姐，妳走投無路了。」

這聲音聽來極耳熟……是莫廸夫！原來他一直埋伏在我旁邊，守株待兔等著凌可可，他肯定有什麼方法知道我正與她說話。

其他的食客仍摸不著頭緒，有部分人鼓譟起來。說時遲那時快，不知從哪裡擲來幾瓶東西，凌可可一瞧，放聲大叫：「社長小心，是催眠瓦斯！」

之後，餐廳的燈再度亮起，餐廳內瀰漫著白色煙霧，眼見所有客人連同侍應生，都已紛紛昏迷倒地，而我也快失去意識……

第14話

威脅

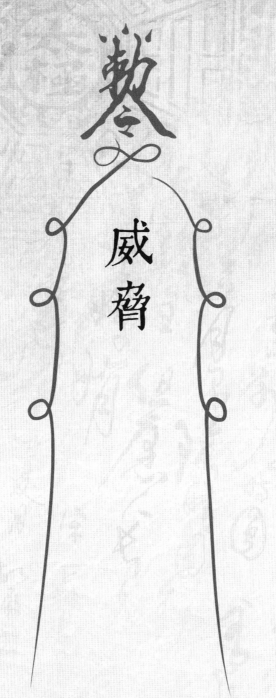

若不是凌可可的提醒，我早就跟其他人一樣，倒在地上呼呼大睡，只見門口湧進一群頭戴防毒面具的不速之客，正向我們步步迫近。雖然因為戴面具的關係看不清楚樣貌，但我認出其中一人的服飾，帶頭的就是莫廸夫，只見他手上拿著一個錦囊似的東西，凌可可一看到那東西，面色鐵青，似乎知道是用來對付她的工具。

雖然我曾說過，我不想介入公會與凌可可的事，但如今莫廸夫用上如此陰險的手段，著實令人不齒，豈能袖手旁觀，但我現在的狀態也好不到哪去，莫說制止他，就連自己都泥菩薩過江，自身難保。

凌可可輕拍我的臉，這算是我倆第一次身體上的接觸，縱使她不是人，我卻依稀能感受到她掌心的溫度。

莫廸夫得意地一邊搖晃手上的錦囊，一邊說：「凌可可小姐，妳還是乖乖的束手就擒吧。」

剛才的一陣混亂中，部分餐具散落一地，我隨手拿起一把餐刀，用盡僅剩的力氣朝著莫廸夫手上的錦囊射去，速度之快，他還來不及反應，錦囊已被我的飛刀打中，拋到遠處。

手持之物莫名消失，莫廸夫這才意識到錦囊被我射飛，憤而大嚷：「可惡。」其他手下收到指令，紛紛前去尋找錦囊，趁著敵方陣營兵荒馬亂之際，凌可可做了一件極意想不到的動作，就是微張自己的小嘴，將氣渡入我體內。

這個緊張關口，我不認為是什麼艷福，也沒有任何遐想，但她的朱唇的確極之柔滑，我們嘴唇相碰持續了三秒左右，我突然感到有一股氣流竄入，把我體內吸入的迷煙都給驅散出來，乃至神志恢復清醒。

莫廸夫見事有不妙，大喝一聲：「想救情郎？門都沒有！喂，快把那男的給我捉過來。」

凌可可心急起來，什麼解釋都沒有，只是用雙手掩住我的雙耳，躺倒在地的我由下而上看著她，只見她面容變得十分猙獰，然後張大嘴巴高聲尖叫起來。

莫迪夫的手下們紛紛發出痛苦的哀嚎，而面對著凌可可的幾位，甚至連防毒面具的眼罩都被高音頻給震碎，就算少部分人來得及摀住耳朵，也難免痛苦得抱頭跪下。

莫廸夫見狀，登時左腳一踏，擺出神打架勢，隨後手舞足動，動作猶如猴子般，凌可可驚訝著：「社長，他已大聖附身，我們快逃為妙。」

莫廸夫雖如凌可可所言，看似靈敏的猴子，但他凶狠的動作猶如一頭餓狼，我們的處境險惡非常，我只好拿起地上的一把餐刀，打算從施故技，朝他射去，這個速度，我敢打包票，一般人根本無力閃躲，但如今他已請神上身，只見一個鯉魚翻身，輕輕鬆鬆便避開我的暗器，而我便拉著凌可可趁隙迅速從後門遁走。

我拉著凌可可的手，終於可以實在地感受到她的存在，雖然也可能只是幻覺，不過這一刻來得很真實。儘管是危急關頭，但我也忍不住問她問題，因為我擔心下一秒，我們還有沒有機會在一起。

「妳志願就是當記者？為什麼選擇我家報社？」我問。

「嗯，會選你家是因為只有你這個社長才『見得到』我。」

「因為只有我看到妳，所以才說要跟著我，對嗎？」

「或許吧……」凌可可啞聲答著。

我沒有猜想她此時的心情，只知道，不論她是以何種形式存在著，我倆都不會有結果……

這時，門口有一輛黑色房車向我們閃燈幾下，是敵是友，我還來不及判斷，但情況危急，容不得我細想，快速與凌可可眼神交流後，便毅然跳上車廂後座。或許我命不該絕，來接應我們的是相識，也就是Z。車廂後座早已坐了一個人，乍見之下，雖然我與對方從未見過面，但我百分百肯定，此人就是現任的靈異公會會長——凌芊芊。

雙生姊妹，樣貌自然是一模一樣。就連服飾打扮也如出一轍，到底凌芊芊是刻意隱藏自己的美色，還是根本只是傳言，我暫時沒有心情考究。Z等我坐定後，便輕催油門，帶著我等揚長而去。半路上，一派輕鬆地問我：「真想不到袁先生本事這麼高，居然能從莫廸夫的埋伏中安然抽身。」

我尷尬一笑：「若不是凌可可，我想現在我還在餐廳裡呼呼大睡呢。」開了大約兩分鐘，我見坐在一旁的凌芊芊雙眼緊閉，仍是一言不發，而另一旁的凌可可也一反常態，不敢說話，車廂內的氣氛變得十分緊繃，我是見不得冷場的人，正打算開口打破這令人窒息的沉默時，這時凌芊芊睜開雙眼，直視前方說著：「Z先生，麻煩開快一點，莫廸夫差不多要追上來了。」

我回頭一看，果然有一個人影正從後方急起直追，朝我們逼近。

Z自然不敢怠慢，正欲加足馬力時，說時遲那時快，車頂上突然一陣巨響，因為強力的撞擊導致車頂凹陷。Z對後座乘客大嚷：「大家坐穩。」之後便用力急踩剎車。

站在車頂上的莫廸夫雖有大聖附身，但也逃不過物理上的慣性定律，急剎這個動作讓他身體止不住往前傾到，成了滾地葫蘆，然而因為有神明附體，自然靈活地翻了幾下跟斗，就借勢彈起，然後再驚人一跳，跳到了引擎蓋上，接著像瘋了似地連續出拳擊打車子的擋風玻璃。

其揮拳的力度之大，連玻璃都出現裂痕，再下去恐怕整片玻璃都會被打碎。Z危急生智，即時切換後檔，快速倒車，莫廸夫再次受到慣性的作用往後傾倒，Z則趁隙催緊油門加速離去，等到莫迪夫起身，與我們已經差了一大段距離，要追趕也無力回天。我們才終於鬆了一口氣，慶幸成功擺脫莫迪夫的糾纏。

車輛駛至雞頸山山頂，莫廸夫也沒有再追過來。期間，我不停打量旁邊的淩芊芊，雖然沒有正面對看，但好歹也是傳說中的大美人，為何我一點緊張的心情也沒有？最後Z將車停在一處後，留下疲累到睡著的淩可可在車上，我則與凌芊芊和Z三人下車商談事情。

Z先替我與凌芊芊作簡單的介紹，接著叫我可以安心，由於凌會長外出都會喬裝，所以她那美貌的異能其實不會對任何人造成影響，我也正覺得納悶，若真與凌可可一模一樣的話，怎可能會是大美人來著？

介紹完後，凌芊芊便向我解釋，她說莫迪夫是公會理事長，並對我受到莫廸夫突襲一事先致上歉意。莫廸夫之所以做出如此瘋狂之舉，無非就是覬覦會長寶座。他想捉住凌可可，藉以影響雙胞姊姊凌芊芊的異能，屆時再借機搶奪會長之位。至於怎樣爭或是如何搶，凌芊芊沒有再解釋下去，總之從她的話裡就能導出，他們公會內部出現了嚴重的權力鬥爭。

雖然我同情凌氏姊妹，但我實在無意插手他們內部紛爭，如今唯有一點令我一直掛在心上，就是這位莫理事長居然能弄斷我手上的紅圈。

「我沒有興趣插手你們之間的事，但剛才那人對我與我朋友施了一些法力，恐怕危及我朋友性命，我現在比較想知道，他究竟是怎麼辦到的？」我質問凌芊芊。

凌芊芊跟Z對望一眼，Z點點頭後便開口向我解釋，但他說得不甚清楚，只知道莫廸夫不知何時弄來了一件極為厲害的法器，自此他的性格大變，能力也大增，與從前判若兩人。

我大致掌握了來龍去脈，公會內部的事外人還是處理不來的，我只能對凌芊芊說聲抱歉。由於時間緊迫，我得去找魯老闆處理紅圈的事，至於凌可可，我也希望她能返回姊姊身上，她倆的心結需要自己去解決。簡單交待完後，我便跟他們分道揚鑣。

我急忙致電古玩店，電話是接通的狀態，證明魯老闆人在店內，魯老闆有一個習慣，如果人不在店內的話，他會把電話掛起來，避免給搗蛋的幽靈接聽。不知道是否是太過心急，感覺過了很久，仍沒有人接聽。

終於等到魯老闆接起，「喂，找誰？」

我一聽，心頭一冷，二話不說立刻掛上電話。別說我不禮貌，我之所以這樣做是有原因的。

雖然我跟魯老闆相處到現在只有短短一個月的時間，但我很留意他在店內的瑣碎習慣，他接電話，只會問對方是誰，從不會說「找誰」，因為店內經常只有他一人，根本沒有必要問對方找哪個人。

現在魯老闆說「找誰」，可見店內不止他一人，向來沒有朋友的他，而且現在已經過了營業時間，店裡還會有什麼人？答案已十分明顯了。

所謂兵不厭詐，我隨手從地上拾幾塊適合作暗器的石塊防身，以防不時之需。

我火速趕回 E&H 古玩店，到了人煙罕至的大廈之後，我刻意乘搭升降機至十樓，接著離開升降梯改走樓梯間返回古玩店，目的就是察看周圍環境，以免被人埋伏。

我從防火門窺看店門前，果不其然，門口站著一個身穿黑色西裝的人，貌似在把風，從他的造型看來，顯然是靈異公會的人，我想，莫廸夫已經找上這裡了。

剛才他大鬧餐廳已經引發注意，如果我現在報警，讓警方介入或許只是緩兵之計，卻能解決燃眉之急，在心中快速盤算一下後，我拿起手機正要撥號給警察，「嗶嗶——」一封不明來歷的訊息傳來，夾著一張照片檔案。

我有不祥的預感，接著戰戰兢兢地點開附件，相片中，只見魯善芝被綁在一張椅子上，雙眼被矇住，身後的背景不是 E&H 店內，莫廸夫應該把她擄去別處了。

緊接著又傳來一則訊息：「只能怪你的家保安嚴密，反倒害了他們。」

萬般想不到，莫廸夫為達目的，竟然拿魯家來威脅我，好在我有先見之明，早早請人保護外公，否則後果真是不堪設想，如今看來，我只好大方步入古玩店，直接跟對方作個了斷。

第15話

營救

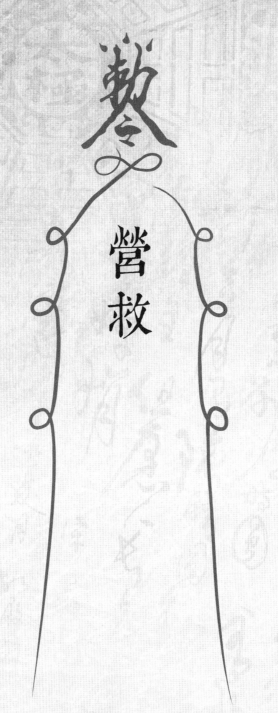

我從防火門走出來，門口把風的黑衣男子一見到我，立即掏出槍指著我，待我走進店裡，魯老闆依舊坐在收銀臺，只是身旁還多了兩名魁梧的壯漢。

莫廸夫就坐在店中間，身旁一臺螢幕，畫面正停在魯善芝遭綁的身影上，魯善芝一動不動，似乎已被人迷昏。

魯老闆一看見我，不停地搖頭歎氣，直說我回來幹嘛，而我則聳聳肩，一派輕鬆回應他，「不入虎穴，焉得虎子」。

魯老闆失落說道：「小女命犯横禍之格，加上命已旦夕，劫數註定，豈可再違。」

我明白，善芝的身世的確難再更改，但就是無法袖手旁觀。

莫廸夫在旁聽得哈哈大笑，更揶揄我命格，只是好管閒事、愛逞英雄之人，何需說得冠冕堂皇，我反笑他，雖然長相獐頭鼠目，但也無需刻意做出作奸犯科之事。

我的話沒有激怒他，反而讓他開懷大笑：「信不信由你，魯善芝已吃下我的毒藥，如果十五分鐘不吃解藥的話，就會七孔流血而死，但只要你把凌可可叫來，我保證可以讓魯善芝安全回家。」

我搖頭納悶說：「凌可可已經回到凌芊芊身邊，而且由始至終，我也沒什麼資格跟靈異公會談判。」

莫廸夫一副充耳不聞的樣子，仍強橫說道：「快！時間不等人！」

莫可奈何下，我唯有致電Z，電話響了兩聲便接通了，是Z本人！我打開擴音功能，好讓莫廸夫也能聽得清楚。

我不說廢話，直接叫Z把電話交給凌芊芊，Z雖然有些錯愕，卻沒有追問原因，直接把電話交給了凌芊芊。

「是袁先生嗎？」

「人命攸關，能否叫凌可可到E&H古玩店。」

凌芊芊沉默了一會，才應說：「恕我不能答應。」

我其實有預料到凌芊芊會拒絕這項要求，只不過沒想到她會這樣斬釘截鐵。

掛上電話後，我輕嘆一口氣，再轉向莫廸夫雙手一攤，表示自己已盡力。

莫廸夫似乎也預料到凌芊芊會拒絕，所以笑說著：「別人不幫你，那你就自己辦吧。」

我聽不懂他的暗示，就發火罵著：「如果我有能力的話，早就用上了。」

「你行的，只要你一心想著凌可可，她就會來，她不是說過要跟著你嗎？」

我一聽差點愣住了。先不說能否成功，現在我的確陷入兩難局面，如果凌芊芊答應讓凌可可過來，至少我還可以推說是公會的自家事，但現在要我利用凌可可對我的感情，喚她過來，我實在辦不到。

縱使凌可可充其量只是一個「念」，她的存在之於我，極之真實，只不過怎樣也不能與魯善芝一個活人相提並論。

我心一橫，決定按照莫廸夫的提議，閉上眼專心呼喚凌可可，忽然間一股軟弱無力的風從我耳背吹過，我張開眼睛，凌可可就站在我身旁，而原本一直持槍指向我的黑衣男子也嚇得倒退幾步。

莫廸夫一見，興奮地大叫：「哈哈，二小姐，我們終於見面啦。」

凌可可沒有應他，只是幽幽地看著我，此刻我十分內疚，雖然我不知莫廸夫要對她做什麼，但絕對不會是一件好事。

我情不自禁握著凌可可的手腕，向她說了聲對不起。

她依然沒有說話，只是微笑以對。

我轉向莫迪夫，客套地說：「莫先生，你要我做的，我已經做了，你要對付的是靈異公會的那些人，我希望你能信守承諾，給魯善芝解藥，然後放她回家，至於凌可可，我答應不會讓她回去凌芊芊身邊。」

莫廸夫一臉淡定地說：「首先要感謝袁先生的鼎力協助，關於魯小姐，很抱歉，雖然我有解藥，但我不能給她。」

我發火罵著為什麼？

他一副狡猾的表情，邪邪應我：「你問我為什麼？那還用得著說嗎？生死冊上寫著，魯善芝只活到今晚，死因為中毒，如果我救了她的話，不就有違天道了？」

我和魯老闆都被嚇得目瞪口呆，此人到底有什麼能奈能夠窺看生死冊。

我半信半疑地反問他：「我憑什麼要信你？」

他發出鬼魅的笑聲，然後答著：「憑什麼？憑我有白無常的生死冊和判官筆……」

白無常的法器？怎麼可能？白無常是魯善芝的乾爹，如何會做出對乾女兒不利的事？何況白無常是自願出借法器給莫迪夫的嗎？

我腦海一下湧現諸多疑問，卻怎樣也拼湊不出一個所以然來。只是，莫迪夫的確有能力把白無常的紅圈破除，所以他擁有白無常的法器一說未必是信口雌黃，只是他究竟是如何取得法器的？

事到如今，我只能阻擋莫廸夫不讓他靠近凌可可。在場的除了莫迪夫，還有三名黑衣人，我以一敵四確實不利，只能先設法摺倒身後持槍的男子，然後再趁隙衝出去。

正當我要祭出奇襲時，身後的保鏢突然抱著肚子跪了下來，樣子十分痛苦，就連自以為料事如神的莫廸夫也看得突然，我看準時機，推著凌可可示意她離開，但她紋風不動，急得我喊出：「再不走的話，就來不及了。」

「袁先生，放心，沒事的。」她開口說著。

袁先生？這個稱呼稱得我一頭霧水，凌可可一向叫我做「社長」，何以此時叫得這般陌生？我定睛一瞧，才發現她不是凌可可，是她姊姊，凌芊芊！

「當可可回到我『身邊』，我就可以做出與可可一樣的事。」凌芊芊對我解釋道。

此時，魯老闆身旁的兩位壯漢也相繼倒地，而我後面的那位保鑣則緩緩站起身來，轉眼間居然變成了Z。

「豈有此理，居然使用禁術——❸奪舍術！」莫廸夫見狀驚呼起來，只好故技重施，踏著腳打算再使出神功護體，魯老闆喝罵一聲：「臭小子！本店靈體眾多，小心請錯神靈。」

莫廸夫如何相信魯老闆說的話，偏要一意孤行，繼續踏腳，口中念念有詞，之後大叫一聲，只見他樣子開始扭曲起來。

魯老闆額手稱慶：「哼，老天開眼了！果然被幾隻靈體同時附身了。」

莫廸夫倒在地上不停抽搐，Z見狀，頓時上前用手做出一個「金鼎訣」，接著把莫廸夫放平在地上，並從他身上拿走了生死冊以及判官筆。

我向前同他一起查看生死冊，翻到魯善芝那頁，上面果然寫著魯善芝死於中毒，我又跑到莫廸夫面前，連續在他臉上揮動重拳，喝著他交出解藥，被我打得不似人型的莫廸夫在暈下之前，求饒著說根本沒有解藥。

我心一涼，看著到手的生死冊與判官筆，只要大筆一改，魯善芝就能獲救。作為父親的魯老闆，此刻的心情卻極為矛盾。

「袁基，算了吧，小女的命早已賺回來，用不著違背天命。」

話雖如此，難道現在只能眼睜睜看著時間一分一秒過去，而不作為嗎？我們緊緊盯著螢幕，無助的魯善芝開始流出鼻血，魯老闆見了心疼，激動地哭叫著女兒的名字，要父母親眼看著自己的子女死去，只有冷血、殘酷的人才做得到，我當下決定用判官筆更改魯善芝的死亡時間。

凌芊芊見我動作，一手趕忙拉住我：「袁先生，別衝動，可可已趕到魯小姐那邊去了。」

就算凌可可趕得及，但事實上魯善芝已命在旦夕。就在我跟凌芊芊拉扯不休之際，螢幕那端魯善芝仰天一聲大叫，吐出血來，動作之大，整個人連同綁著的椅子一同倒地，之後便一動不動。

我訥訥看著手錶，跟生死冊對照：女子魯善芝，壽終廿五歲，於子時中毒身亡。

❸ 奪舍術：乃公會成員入門必修法術，能使施法者透過其他修法者的軀體，進行瞬間轉移。

第16話

重生

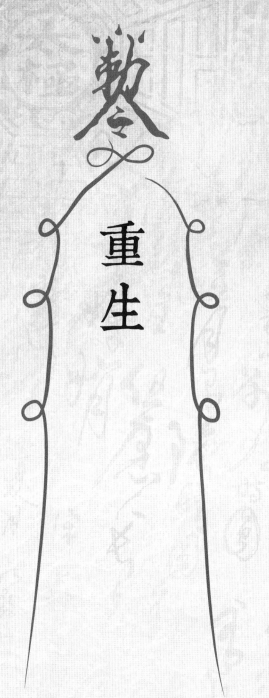

當大家都認定天命不可違的時候，最傷心欲絕的，莫過於目睹自己女兒離開的魯老闆，這時他已泣不成聲。甚至今晚才跟魯善芝初次見面的凌芊芊，眼角也泛出淚光。

我算是與魯善芝有過一點交情，也不忍繼續看著螢幕上魯善芝死亡的身影，在打算切掉畫面、杜絕一切之際，原本一動不動的魯善芝突然動了起來！

我不敢置信地盯著畫面，只想確認究竟是否自己眼花，還是真的人死復活！

除了我，所有人都不忍心的撇過頭去，只有我一人留意到畫面上的動靜，等我再三確認撇除幻覺的可能後，我才拍拍魯老闆的肩頭，輕聲說著：「看！」

魯老闆、凌芊芊以及Z不約而同地回過頭來，順著我的手看向螢幕，三人如同我當初看到時一般，一臉訝異又不可置信，魯老闆甚至還除下眼鏡，猛力搓揉自己哭紅的雙眼。

看慣光怪陸離的Z也不覺自語：「會否是生死冊失效？」當時，包括我在內，沒有人回答他的問題，或許大家也都如此希望的吧。螢幕那邊，轉醒的魯善芝看著陌生的周圍，害怕地啼哭著：「這裡是什麼地方？」善芝哭泣的聲音清晰可聞，魯老闆見女兒再度活過來，也沒了邏輯地抱著螢幕喊著善芝的名字。

任何人看到親人死而復生的畫面，都會失去邏輯，這點我可以理解，我算冷靜地快，突然想到一事，便朝躺在地上的莫廸夫走去，然後動手翻找他的衣服口袋，果然被我找出一樣物品。

我從莫迪夫身上搜出一個小型對講機，我按下通話鈕後喂了幾聲，兩秒之後我的聲音就從螢幕上透出。我快速俐落地說明經過，語氣透露著威逼利誘，莫迪夫的手下就被我唬得驚駭不已，放下武器後便如鳥獸散去。

由於莫廸夫一夥都持有槍械，如果驚動警方，不論靈異公會，還是E&H，都會惹上麻煩，所以我將莫廸夫一干人等交由公會私下解決。

Z拉起在場的一名手下，令他說出藏放魯善芝的位置，我一得知地址，便與魯老闆飛奔而至，成功救回魯善芝。我們不敢大意，魯善芝被迫服下毒藥，雖然目前看似無礙，為以防萬一，接到魯善芝後馬上將她送到醫院檢查。而服毒一事，則以為情所困為由打發院方人員。

翌日，我一早就到醫院探望善芝。魯老闆陪在一旁，看他的樣子，就知道幾乎整晚沒闔眼，一副疲憊但充滿感恩的神情望著女兒。房內還有兩個人，一男一女，男人就是連續合作兩次的Z，至於女子，我就沒有印象，只見她走到我的面前，跟我打招呼：「袁先生，早晨。」

她主動過來跟我打招呼，是我認識的人？我眉頭一鎖，努力在腦海中搜尋，我從不認識那些打扮得極為潮流的女生，加上她還刻意戴上一頭紅色假髮，就好像是什麼大明星，為了避免粉絲干擾而刻意喬裝打扮一樣。我看看Z，他忍不住偷笑，這一笑讓我心生疑惑，再轉頭看看女子的高度……莫非是凌芊芊？

我恍然大悟，雖然之前曾有兩面之緣，但當下凌芊芊也是喬裝模樣，如今又是另一種裝扮，無怪乎我覺得面生。Z想必極為熟悉這樣的變裝模式，但對只有見過一、兩次面的人來說，要立刻分辨出身分，就算是無理的要求了。

這時，已經醒來的魯善芝微微嗔怒道：「袁大哥好不公平！只顧與芊芊姊姊聊天，完全不理我，是否待我多死一次才記得關心我？」

魯老闆緊張答著：「別亂說……別亂說。」

這樣精神的說話模式，跟平常一模一樣，證明她並無大礙。見她狀況好轉，我便伺機問她是否還記得當時那段死而復生的經過，她形容，當時有好幾道強光照射著她讓她刺得睜不開眼，當強光散去她緩緩睜開眼睛時，看到一名少女，起初還以為是鬼差，但少女走到她面前，叫她將手上的珠交給她。

這時，她才發現自己手上拿著一顆如乒乓球大小，發著藍光的東西，這東西並不重，她拿給少女後，少女便在她耳邊低語了什麼……之後便醒了過來，可是醒過來後，少女說的話怎樣也記不起來。

我記得凌芊芊說過，當時情況危急，凌可可已趕至魯善芝身邊，魯善芝所見的少女有可能是凌可可也說不定，凌可可如今也下落不明，或許凌可可……我搖搖頭，把這個想法拋出腦外，並按耐自己說出口的衝動，如果我將這個推測說了出來，必定會引起極大的衝擊……現在還是先讓善芝好好休息才是。

我偷偷看了凌芊芊一眼，雖然她戴了變色的隱形眼鏡，但仍然看得出眼眶泛淚，她應該也已猜出一二，知道自己妹妹現在已經……

但有一點令我奇怪，我發現魯善芝字裡行間以及一舉一動都帶著凌可可的影子，不，不是我多疑！魯老闆與Z應該察覺不來，大概是因為我與凌可可相處過，相信凌芊芊也有同樣感受，所以我刻意說一句盲語：「真的好像。」這話說得沒頭沒尾，其他人都摸不著頭緒，只有凌芊芊會心一笑，應聲：「嗯。」

這樣的結果我不知道是不是最好的，只是有機會的話，凌芊芊與魯善芝或許會成為好友，甚至是一對好姊妹。

溫馨的場面就先暫時告一段落，Z率先起頭，他先用「袁兄」取替之前的「袁先生」來稱呼我，顯然是想跟我拉近關係，但我還是秉持初衷——離靈異公會越遠越好。

「魯前輩和袁兄，不如我們先到外面商談一下關於昨晚的善後工作吧。」

Z向凌芊芊示意，便起身離開病房，隨後我也搭著魯老闆的肩膀一起出去，凌芊芊就留在房裡陪著善芝。

病房外，Z向我們說明，莫廸夫一夥已交由公會相關部門進行處理，並保證再不會打擾我們，至於從莫廸夫身上找到的生死冊及判官筆，其實只是一些邪魔歪道的法門，並非白無常的法器，所以這兩件東西就先留在公會內作進一步鑑識。

Z的話乍聽之下，漂亮的無懈可擊，如果是那些沒有接觸過白無常的人，聽了也許會信以為真，但這番說詞就我跟魯老闆聽來，就只是包裝漂亮的糖果，毫無說服力可言。

我與魯老闆對看一眼，我知道魯老闆想法同我，我們倆都沒有發表任何意見，Z狐疑的看著我倆，我明白他正在想，我這個好事之人，何以對此事一點也不追問。

我便主動開口：「請放心！關於貴會的事，我與魯老闆都不會也不想介入。」只見他鬆了一口氣，我明白他們對於靈異祕寶執著的心態，也不挑明，若真的是白無常的法器，白無常自己一定能搞定，用不著我出手，我現在最關切的，就是紅圈對瑞東的影響。

魯老闆的擔心更不亞於我，自善芝重生以來，魯老闆仍有一種說不出的隱憂，尤其提到白無常之時，他更憂愁了，顯然就是擔心白無常對魯善芝仍活著，卻未有所作為一事，感到害怕。

公會方面就算是劃上句號了。善芝需要留院觀察，我就陪魯老闆先回家一趟，途中，我將莫廸夫把我手上的紅圈弄斷，以及他曾親口說他手中持有白無常的法器的經過，鉅細靡遺地向魯老闆講述，想來，一切都跟白無常有關。

另一方面，魯老闆雖也關心瑞東，但卻不知該如何面對白無常，我想，是因為善芝之所以能死而復生，全因是一連串的機緣巧合，魯老闆擔心白無常不認同，硬是取走善芝。

我看穿魯老闆的心思，一邊安慰他說，生死有命，人生變幻無常，哪有人知道自己下一分鐘的命運呢？這話倒起見效，尤其對處於迷茫的人，更是明燈一盞。魯老闆突然精神起來，一直說要向白無常回報一下情況。

回到古玩店後，魯老闆拿出綠符，準備召喚白無常，化符、念咒，水中冒出白煙，程序一如既往，可是良久還是沒看到白無常出現。

我打趣問道，這些符咒到底是不是過了使用期限，魯老闆被我的話影響，拿出其他綠咒端詳是否有異樣，這時盆中的水忽然冒出黑煙來，來得我們措手不及，黑煙當中步出一個人影來，竟然是「黑無常」。

我們打算召來白無常，誰知竟跑出黑無常來。因為之前曾被白無常嚇過、被靈異鬼怪騷擾過、也面臨過生死攸關的緊急場面，如今見到黑無常，我已沒有太大的震撼，就在我要將它列入我的另一個靈異體驗時，它對我們說：

「凡人魯朋有、袁基，本官正打算要找你們……」

第17話

陷害

原本想找白無常討論紅圈的事，但卻換來了黑無常，還是對方主動找上門，無事不登三寶殿，必然有蹊蹺，我恭敬問候：「久仰黑判官大名，未知找上卑民所為何事？」

黑無常也不搭理我，只是四處張望，然後用不屑的語氣問說：「這裡就是前任閻王跟你們訂契約的地方？」

我愣了一下，還是不知道對方找上門的目的，但從它口中的「前任閻王」看來，想必黑無常的到訪應該與此有關，我恭敬再說：「恕卑民不敢亂猜判官之意……」

黑無常弄一弄鬍子，說：「這本不應洩與人界所知，但見你們曾為陰曹效力，就前來通知一聲，咱們要轉朝了，而本大爺將會擔任新閻王的副手。」

此話一出，我與魯老闆都聽得呆若木雞，好在我腦袋動得比身體快，馬上奉承說：「恭喜判官大爺委以重任。」

黑無常聽見此話，樂得喜上眉梢，但又不敢過分表現，唯有立刻板起面孔，正色道：「別拍馬屁，我來是有正事要告訴你們，從今以後，我們陰曹不再與這間店訂契約，你們所抓來的遊魂野鬼就放到寺廟好了。」

因為新舊輪替的關係，這意味著 E&H 以後就不需要替陰曹辦事，消息來得這樣突然，一下子也令我覺得有點可惜，反觀魯老闆，反而有一份說不出的輕鬆，或許是與鬼差們打交道，總不是一件樂事。

地府之事，凡人如我也無權置喙，說實話，也與我無關，但我們無論如何也要聯絡上白無常，跟它討教紅圈一事，就當我想開口詢問時，黑無常就接著說：「白弟因私借莫迪夫法器，觸犯府規，現遭陰府停職，我奉令緝拿它回府受審，如你們有它的消息，定當立即通傳滙報，不得延誤。時候差不多，我先回去……這裡陰氣過盛，還是早早結業吧。」

黑無常隨煙霧四散消失。我沉思了一會，然後開心恭賀魯老闆：「恭喜老闆，賀喜老闆，善芝的事已有轉機。」

魯老闆對我的話有些不解，「真的？此事何解？」

我將剛才心中的想法一一道出：「依黑無常所言，我們知道陰曹目前是新人事，按理也會有一套新規定，不想接手的舊規定，有可能就讓它腰斬或是隨意處置，如此看來，善芝的事，雖說是因緣巧合下產生的誤會，也應該不會認真看待才是。」雖然這只是我片面的想法，但魯老闆也頻頻點頭附和。

這個黑無常，不論思慮或是氣度，看起來都比不上白無常，還因為升職之事而沾沾自喜，相信人界的事不久就會被它拋諸腦後，哪裡可能認真追辦。

不過，它說白無常遭停職通緝一事，與白無常合作多年下來，魯老闆不覺得它會做出此等魯莽的行為，而且以它的心性脾氣，也絕不可能與莫廸夫這類小人串通一氣，所以當中肯定有什麼不為人知的祕密。

想破頭也找不到原因，我建議用符咒再召喚一次白無常，直接向它問個明白，魯老闆卻認為萬萬不可，這樣做只會招惹黑無常的懷疑。現在唯一與白無常聯絡的方法也不能用，就只能等白無常主動向善芝托夢了吧。

這時我的手機響起，是楊可迅！原本我打算到店外接聽，但立刻想到這裡不再跟地府合作，「各方兄弟」根本沒必要再來搗蛋，索性在原地講起電話。

電話那頭，可聽出楊可迅心急如焚，完全一反常態，他刻意壓抑聲音，平復情緒，我沒有催他，只是默默等待，然後他便問我：「你有沒有留意今早的新聞報導？」

今早的新聞？今天一大早我便趕去醫院探望善芝，根本沒時間看新聞。

見我不答，楊可迅知道我並不知情，立刻對我解釋，瑞東昨天搭乘前往南非的航班，在著陸時發生意外，乘客與機組人員全數罹難。

這個消息猶如晴天霹靂，震得我差點連手機都拿不住，腦海不停浮現瑞東的臉龐，一下子根本不能承受得住，懊悔的情緒快要爆發的那刻，楊可迅又丟出一件更為離奇的事，他看報導，航空公司公佈的死者名單中，並沒有瑞東的名字。我相信楊可迅行事謹慎，一定確認過死亡名單，他說沒有瑞東名字，是不是表示瑞東還活著？

我懷抱希望，追問楊可迅有否追查瑞東的離境記錄，他說瑞東有離境記錄。我這下子聽得頭昏腦脹，瑞東有出境，但航空公司沒有他的資料，這是怎麼一回事？唯二的解釋要不就是他搭錯飛機，要不就是從人間蒸發。

入夜，我仍留在E&H古玩店內，幫魯老闆準備結業的事，收拾一下剩餘的物品。黑無常說過，這裡的事，陰曹不再接手，所以為這些「伙伴」找後續的安身之處也是工作之一。

清理中我一直心神恍惚，不停在想瑞東的事，畢竟生要見人死要見屍，行蹤不明並無法給李大媽一個交代，即使我在店內已好幾小時，還是不發一語。

可能我情緒低落，忘了交代，魯善芝早在黃昏之前便出院了，一回到家，魯老闆便跟她講起白無常與瑞東的事，而她知道我掛懷瑞東，所以收起了一貫的頑皮，也靜靜在店內幫忙打掃。

就在這時，我留意到店外有一個閃縮的身影，在門前探頭探腦，或許是受到之前莫廸夫事件的影響，令我變得異常敏感，我怕是什麼可疑人士，便出聲大喝「何等鼠輩」，這話一出，也令魯氏父女嚇了一跳。

他們順著我的視線看去，然後又看看我，魯老闆擔憂地問我：「沒事吧？」

門外什麼都沒有。

我也不太清楚，到底是神經緊繃引發的錯覺還是怎樣，總之，自我看緊門口之後，那身影（或幻覺）就沒再出現。

雖然沒有再看到身影，但隨之就嗅到一股古怪的氣味，善芝最快反應：「這是什麼氣味？像燒焦什麼似的？」

善芝形容地十分貼切，這氣味就好像烤過頭一樣，而陣陣的氣味就從門的方向飄散過來。

三人快速交換眼神後，由我隻身過去探個究竟，我從椅子上站起來的時候，店內氣氛頓時緊張起來，真有一種恐怖片的氛圍。

在我逐步靠近之際，這氣味的由來，答案也呼之欲出，一道身影從黑暗中慢慢走了出來……是瑞東！

瑞東的現身，令我等三人大為吃驚，只見瑞東木無表情，而身上衣服或是頭髮、臉龐，都透出濃濃的燒焦味，就好像遇到火災一樣……

這種情形，會否就是魯老闆之前提過的中陰身狀態？魯老闆即時屈指一算，我不明所以，只能靜靜觀望，只見他面色一沉，突然大聲喝斥：「你不是瑞東！敢問來者何人？」

門外的「瑞東」扶著門框，木無表情的臉上有了變化：「魯老闆果然寶刀未老，但這麼快就忘了舊拍檔？」

我們三人同時擺出一副極疑惑的眼神，而他就再說：「是我，白無常。」

第18話

變臉

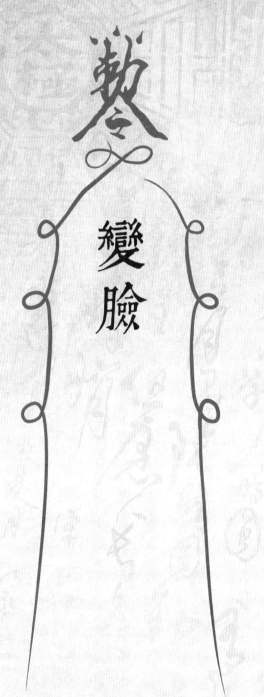

白無常居然附到瑞東身上，完全出乎眾人意料，所有人頓時成了啞巴，就連怎麼發問也都說不出來，只見白無常面帶顧慮，或許是在擔憂追兵或埋伏，我馬上開口：「白爺是否在顧慮追兵？請放心，黑無常不在，您可以安心進門。」白無常一聽，才放鬆戒備閃縮進來。

由於事情來得峰迴路轉，好在這時大家也都恢復了說話的機能，你一言我一語地追問白無常，場面弄得好不混亂，也分不清先後順序，為了讓讀者諸君能清楚事件的來龍去脈，我總結了下這次的對話：原來，白無常的法器——生死冊與判官筆——早因魯老闆違規一事，就被閻王給沒收走了，而遭沒收的法器就交由黑無常保管。

至於白無常使用的生死名單，只能看到凡人的生死時辰，難怪當初白無常曾說過自己沒有能力更改瑞東的壽命。

而黑無常為了陷害白無常，就把白無常的法器私下交給了莫廸夫，只要莫廸夫忍不住使用法器之後，黑無常就能藉機向新閻王告發。

解釋到這裡，或許大家也跟我一樣，從沒想到黑無常會有陷害白無常之心，但的確如此，一般人普遍認為黑白無常是形影不離的關係，其實這只是我們一廂情願的想法，實際上，陰曹也同人界，處處充滿心機、各懷鬼胎、明爭暗鬥的情形。

後來莫廸夫果真抗拒不住誘惑，利用判官筆把維繫我與瑞東的紅線弄斷，白無常也感知得到，馬上就知道自己的法器已落入人界，也知道這是黑無常設計要陷害他。

可惜為時已晚，白無常也曾打算向新任閻王解釋，只是有理說不清，加上黑無常百般阻撓，還未來得及證明自己清白之前，就遭下令緝拿追捕，如今落得四處逃亡的狼狽下場。

說巧不巧，由於莫廸夫的介入，瑞東變成「無」的狀態，非人非鬼，在人界沒有陽籍，在陰間也沒有鬼籍，所以查也查不到瑞東的記錄。白無常便利用瑞東這種特殊的狀態，附上他的軀體去躲避陰曹的追捕，如此一來，瑞東就好像活人一般能自由行動，但只要白無常一離開，瑞東就會落回人界之中，即返回現實中死於空難。

如此附體卻有一個極糟的副作用，只要白無常附在瑞東身上超過廿四小時的話，瑞東在人界的記錄將會徹底消失，換言之，沒有人會記得瑞東，就連李大媽也會忘記曾有過瑞東這個兒子，瑞東的存在將完全被抹消。

我已經盡力把白無常的話說得淺顯易懂，無奈其中發生的原委實在太脫離常理，我自己也亂了分寸，只是在得知瑞東會消失，甚至連對他的記憶都被抹除，我仍在意地不知所措。

如今，情況越來越複雜，已經超出一般凡人能預測的範疇，我只能提出一個直白的問題：「白爺現下打算如何？是打算附於瑞東身上直至二十四小時後，到時無人記得瑞東，再將他的身體做為己用？」

白無常無奈一應：「你認為我會甘於躲在一個臭皮之軀？」

我自是知道白無常肯定不會有這個打算，但，到底是要接受瑞東已死的事實，還是當瑞東這人從未出現——被自己的親生父母、朋友，甚至全世界遺忘，哪個選項殘酷，我也說不準。

就在我內心陷入天人交戰時，白無常突然對我說：「袁兄，我有一事相求！」

「能幫的，必定盡力辦妥。」我回過神來，心想白無常竟然有求於人。

它接著說：「請把我的法器拿回來。」

白無常的法器正由靈異公會保管，要取回，該不難辦。

我立即致電Z，但沒人接聽。我想了想，改請善芝打電話給凌芊芊，倆人因為凌可可的關係，已經情如姊妹，有彼此的電話並不奇怪。

當然，我們這邊只會跟對方說有事想借法器一用，正所謂「劉備借荊州」，加上法器本就屬於白無常所有，如今也只是物歸原主罷了。

沒想到凌芊芊一聽完，給了我們一個出乎意料的答覆，她跟善芝說：「法器？Z先生跟我說，法器已交由魯老闆處理了，不是嗎？」

凌芊芊的說法與Z之前跟我所講的，完全背道而馳，這其中必有一人說謊，而我相信凌芊芊不會用這個方式作為推搪的籍口。

換言之，問題就在Z身上，最有可能的解釋就是，Z也對白無常的法器動起歪念……

但是現在不是追究誰是誰非的時候，揭穿他對我方也沒有好處，我們也沒什麼時間再跟他們糾纏，總之，現在最重要的事就是先把法器弄到手，其餘留待以後再說。

所以我叫善芝請她幫忙聯絡Z，說我們要商討「交收」法器一事，之所以用「交收」，就是想透過凌芊芊的口讓Z知道，我們已跟凌芊芊討論過法器的事，如果他真的心懷不軌，怕自己的計劃被揭穿，應該過不久就會找上門。

等善芝向凌芊芊交代完畢、掛上電話後，我就把Z可能變節一事告訴大家，不出意料，眾人都顯得極之愕然，但最為緊張的莫過於白無常，我再把我的推論跟大家說，「如果Z真的變節，肯定他很快就會主動聯絡我們。」

話未說完，Z果真來電，一切如我所料，我便先發制人，不等對方開口：「我沒興趣理會你們公會的事，只想證實法器一點事，所以求借法器一用。」我直接表明來意，切斷他思考的時間。

這方法果然奏效，Z接受了我的要求，然後二話不說，直接開出條件，指名只准我一人前去赴會，當然時間與地點也由Z決定。

通完電話後，我們一等人便開始在店內從長計議。席間，我突然想到，只要拿回法器就算成功了嗎？或許之後又會被敵方搶走，如此搶來奪去也不是辦法，我便把這樣的想法告知白無常，白無常思考一會後應著：「若要一舉成功，我這裡有一個萬無一失的辦法，只要把血滴在法器上，成為持有者即可。」

「成為持有者後，若不小心弄丟法器，也行？」我問。

白無常反問我一句：「你怕不怕死？」

現在已不是賣關子的時候，我心急說著：「有話但說無妨。」

它就嚴肅回著：「只要成為法器的持有者，之後跟我一起去死，就可把法器帶回陰曹，屆時我就有機會取回，而且還可以到閻王那告發黑無常的惡行。」

儘管我一直稱自己做「袁不怕」，但膽量也有底線，現在要我陪白無常一同前往陰曹，我自問沒有這種膽識。

白無常當然極力遊說我，所謂落陰曹，就好像法課上遊地府一樣，大同小異，換句話說，我只是到陰間一遊，之後還是能回到人間，我就算相信，但大前提是要「真死」一遍，而且也不是純屬觀光，而是帶著告發黑無常的任務前往，壓力不得不說極大。

大夥一下子都沒有話兒，這種膠著的場面至少維持了幾分鐘。善芝首先打破沉默，說願意為乾爹冒這個風險，但是魯老闆難得女兒能夠失而復得，自然大力阻止。

我苦笑說著：「看來現場的人中，只有我最適合接下這任務了，總之，我先想辦法把法器搶回來，至於帶回陰曹的方法，就麻煩你們再好好研究吧。」

我這個辦法也是唯一的方法，但要從Z手中安全搶回法器，的確有點困難，只能見機行事了。

第19話

槍手

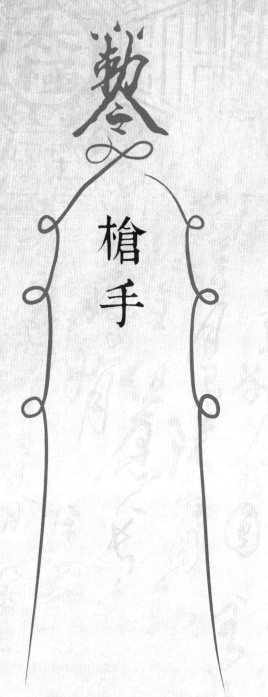

此次前去赴約，主要的任務就是搶回法器，沿途中，我不時想起靈異公會的事，目前唯一可以肯定的是，他們內部正蘊釀一場風暴，而凌芊芊這個女流之輩有沒有能力去處理這樣一個龐大組織內部的紛爭。我一直思索這個問題，不知不覺中已經來到了Z所指定的地點，同樣是昨晚的雞頸山頂。

我把車輛倒轉過來，把車頭向著路面停放，車鑰匙仍然插在匙膽裡，以方便危急時能迅速逃脫。正當一切準備就緒後，對面的車子突然向我閃了幾下車燈，由於位置問題，我看不清楚對方車廂內的情況。

由駕駛席下車的是Z，我看著他站定後對我說道：「袁先生，你要求的東西我已帶來。」接著，只見他拿出一個金屬製的手提箱，手提箱的手把部分有一條鏈子，纏繞在他的手上。他將箱子和自己銬在一起，要硬搶過來，幾乎是沒有可能。

我沒有說話，只是提起腳步朝著他的方向前進，他便對我大喊：「袁先生，別心急，先停下來。」然後就朝我拋來一件東西，由於事出突然，我本能用手去接，一看之下，原來是一副手銬。

「請戴上它。」Z說。

顯然他也擔心我對法器有非分之想，如果我不照他意思去做的話，相信我連看法器一眼也沒有機會。

我只能一邊乖乖戴上手銬，一邊苦笑說道：「我們好歹曾患難與共，如今何須變得如此緊張？」

Z也苦笑應著：「沒法子，人心隔肚皮，這年頭，敵我難分，誰也信不過。」

等我走近後，他便打開手提箱，攤開放在引擎蓋上，接著說：「你要好好鑑賞一下，因為不會再有下一次機會。」

我冷笑譏道：「說得對，這年頭誰也信不過，正如公會也沒想到會被Z你背叛。」

聽聞我的嘲諷Z也不以為意，只是大笑幾聲：「其實公會內部的事，本不應向外人透露，但難得過程中遇上袁先生，就不妨說一點讓你知道。」

「什麼事？」我問。

「其實，我也想成為一個有名有姓的人。難得有這機會，我當然不會錯過。」Z說畢便從身上掏出一支手槍。

他說這句話，大概是想成為莫迪夫那樣等級的高層，也就是說，他認為憑藉著傳說中的法器就能順利如願……現在的我還有閒情去分析敵人的動機，不怕對方的槍口正對著我，只是因為我不齒這樣做法的心情超越了恐懼。

我用略帶鄙夷的口吻：「原來Z先生的手段，比起莫廸夫，更要來得青出於藍，難道名利的誘惑，真的讓你連人命也可以不顧？」

Z感嘆道：「這本是我們公會內的問題，我並不想牽連其他人，也不想看到無辜之人因我而死，可惜的是，袁先生知道的事實在太多，為免後患，我不得不犧牲你了。」

我跟Z倆人的距離十分靠近，只要出其不意地撞向他的話，他很可能反應不及，我裝得一副泰然自若的樣子，拖延時間的說：「你刻意說出你的祕密，無非想令自己下手時來得安心點，不是嗎？」我就待他開口之際，打算來一個出其不意的擒抱。

此時，不知哪裡一發槍響，正中Z的肩膀，只見Z隨之應聲倒地，形勢突然扭轉，當然出於本能反應之下，我也迅速蹲下來尋求庇護。

槍聲是從我的右後方發出，從方位來看，必定是我方的埋伏，Z自然如此推斷，所以他也轉身到車邊找掩護，然後對我說：「看來袁先生也早有準備，怪不得能如此鎮定。」

最早拿槍指嚇人的人是他，現在居然反過來說我不是，不過我並沒有開口指正他，誠如他之前所講的，這年頭真是敵我難分……我就向著開槍的方向大聲說著：「新來的朋友，我們三人似乎連討論的空間都沒有，就要來一個了斷嗎？」

那個人並沒有回答我，只聽到腳步聲逐漸靠近，然後在一段距離前停了下來，我快速探頭出去想查個究竟，此時，Z已早我一步發出聲音，只聽到他震驚地說：「居然是你？」

那個人朝Z那邊走了去，由於Z的車頭燈仍然開著，那人背著光，所以我無法看清楚對方的模樣。

「Z，回頭是岸，快點把法器交出來。」那人說道。

Z堅決說著：「休想，我就算死，也不會交給凌芊芊的。」

說後，Z就連同裝有法器的手提箱，一起跳向山崖。由這個位置跳下去的話，百分百肯定是粉身碎骨。

情急之際，我也顧不得對方手上有槍，就衝去懸崖看個究竟，但可惜的是，Z與法器已消失在深谷中，不知去向。我只能回頭看向那名神祕人影，那人依舊佇立在一旁，臉上戴著一副面具，因此看不清他的神情。

從他剛才與Z的對話可以猜到，眼前這人也是公會的成員，只聽到他直言無諱說著：「袁基先生，關於公會的事，希望你就此當作全不知情，否則殺身之禍將會隨之降臨。」

我對這些恫嚇的語句已習以為常，所以那個人說的話，我一點也沒有放在心上，只是，白無常的法器已隨著Z一同掉進懸崖，讓我感到非常憤怒，就把這一切都向他發洩出來：「靈異公會有什麼了不起？做事畏首畏尾，弄不妥的事就只懂殺人滅口！」

那個人沒有回應，也沒有拿槍指住我，因為就算我罵得極之起勁，雙手仍被手銬銬住，根本對他毫無威脅，直至我的後頸位置被一硬物擊中過來，我便失去意識暈了過去。

是其他同黨？天知曉，只知道醒來的時候，我已經身處醫院裡。

我張開眼睛，看到一名護士正在為我檢查，她看到我醒來，自然就趕去通報主治醫生，而隨之進來的，就是我的好友楊可迅，看到他，我的內心就有一份說不出的安心。

原來，我已經昏迷了三天，難怪全身到處都酸痛不堪，還發現身上多了不少的皮外傷。

楊可迅跟我解釋，我在雞頸山被人發現，貌似開車失速衝撞了一棵大樹，幸好被這棵大樹擋住，不然我就會連人帶車一同掉進山崖。

我默默聽著楊可迅的說明，心裡相信這場「意外」絕對是公會的安排，公會應該也不想再節外生枝，不然我早落得跟Z一樣的下場。

這時，我突然想起瑞東與白無常，他們那邊到底如何了？後來又想了想，心就定下來了，我現在還記得瑞東，就證明白無常已準時離開了他的軀體。

但是當楊可迅提到瑞東的時候，就顯得十分惋惜：「在你昏迷的時候，航空公司已證實，當日瑞東也在同一班機上，換言之，瑞東也逃不出這場空難……瑞東死亡這個消息固然令人遺憾，但跟永遠從我們的記憶中消失比起來，或許這個結局反而令人安慰一點。」

我默默接受了這個結局，楊可迅見狀，自動離開病房，讓我一人獨處……

由於我昏迷了三天時間，所以楊可迅要求我留院一星期作全面檢查。

在這個星期中，魯老闆與善芝不時過來探視我，從他們的口中我才知道，白無常的事也算是有個完滿的落幕，當日當Z墜入山崖後，無意間就把白無常的法器帶回陰曹，之後Z也協助了白無常指證黑無常的陷害，替白無常取回公道。

至於E&H古玩店，由於新聞王已解除了與魯老闆之間的契約，從此再無瓜葛，換言之，善芝的壽命也可以從新計算，當然她還有多少壽命，就不得而知了。

說來也奇怪，自從我昏迷之來，善芝再也聯絡不到凌芊芊，有關靈異公會的所有消息，就好像從沒有存在過一樣，從此消聲匿跡。

其實，當晚我在昏迷之前，隱約記得曾聽到有人向我說著「對不起」，現在回想起來，我敢肯定說話的人就是凌芊芊，但事已至此，說與不說，又有何差別呢？

而這個故事，到此也算是告一段落了，雖然中間還有很多謎團尚未釐清，

集夢坊

袁基靈異錄之詭域

出版者●集夢坊
作者●袁基
印行者●華文聯合出版平台
出版總監●歐綾纖
副總編輯●陳雅貞
責任編輯●吳欣怡
美術設計●陳君鳳
排版●陳曉觀

國家圖書館出版品預行編目資料

袁基靈異錄之詭域／袁基 著
-- 新北市：集夢坊出版，采舍國際有限公司發行
2016.04 面； 公分
ISBN 978-986-92750-4-0（平裝）
1. 靈異 2. 懸疑

857.7 105002660

台灣出版中心●新北市中和區中山路2段366巷10號10樓
電話●(02)2248-7896 傳真●(02)2248-7758
ISBN●978-986-92750-4-0
出版日期●2016年4月初版

郵撥帳號●50017206采舍國際有限公司（郵撥購買，請另付一成郵資）
全球華文國際市場總代理●采舍國際 www.silkbook.com
地址●新北市中和區中山路2段366巷10號3樓
電話●(02)8245-8786 傳真●(02)8245-8718

全系列書系永久陳列展示中心
新絲路書店●新北市中和區中山路2段366巷10號10樓 電話●(02)8245-9896
新絲路網路書店●www.silkbook.com
華文網網路書店●www.book4u.com.tw

本書係透過全球華文聯合出版平台（www.book4u.com.tw）印行，並委由采舍國際有限公司（www.silkbook.com）總經銷。採減碳印製流程並使用優質中性紙（Acid & Alkali Free）與環保油墨印刷，通過碳足跡認證。

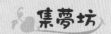